DU MÊME AUTEUR

Aux Éditions Gallimard

LA PLACE DE L'ÉTOILE, *roman.* Nouvelle édition revue et corrigée en 1995 («Folio», nº 698).

LA RONDE DE NUIT, *roman* («Folio», nº 835).

LES BOULEVARDS DE CEINTURE, *roman* («Folio», nº 1033).

VILLA TRISTE, *roman* («Folio», nº 953).

EMMANUEL BERL, INTERROGATOIRE *suivi de* IL FAIT BEAU ALLONS AU CIMETIÈRE. *Interview, préface et postface de Patrick Modiano* («Témoins»).

LIVRET DE FAMILLE («Folio», nº 1293).

RUE DES BOUTIQUES OBSCURES, *roman* («Folio», nº 1358).

UNE JEUNESSE, *roman* («Folio», nº 1629; «Folio Plus», nº 5, avec notes et dossier par Marie-Anne Macé).

DE SI BRAVES GARÇONS («Folio», nº 1811).

QUARTIER PERDU, *roman* («Folio», nº 1942).

DIMANCHES D'AOÛT, *roman* («Folio», nº 2042).

UNE AVENTURE DE CHOURA, *illustrations de Dominique Zehrfuss* («Albums Jeunesse»).

UNE FIANCÉE POUR CHOURA, *illustrations de Dominique Zehrfuss* («Albums Jeunesse»).

VESTIAIRE DE L'ENFANCE, *roman* («Folio», nº 2253).

VOYAGE DE NOCES, *roman* («Folio», nº 2330).

UN CIRQUE PASSE, *roman* («Folio», nº 2628).

DU PLUS LOIN DE L'OUBLI, *roman* («Folio», nº 3005).

DORA BRUDER («Folio», nº 3181; «La Bibliothèque Gallimard», nº 144).

DES INCONNUES («Folio», nº 3408).

LA PETITE BIJOU, *roman* («Folio», nº 3766).

ACCIDENT NOCTURNE, *roman* («Folio», nº 4184).

UN PEDIGREE («Folio», nº 4377).

Suite des œuvres de Patrick Modiano en fin de volume

LA DANSEUSE

PATRICK MODIANO

LA DANSEUSE

roman

nrf

GALLIMARD

Il a été tiré de l'édition originale de cet ouvrage
deux cent trente exemplaires sur vélin rivoli
des papeteries Arjowiggins numérotés de 1 *à* 230.

Brune ? Non. Plutôt châtain foncé avec des yeux noirs. Elle est la seule dont on pourrait retrouver des photos. Les autres, sauf le petit Pierre, leurs visages se sont estompés avec le temps. D'ailleurs, c'était un temps où l'on prenait beaucoup moins de photos qu'aujourd'hui.

Et pourtant certains détails demeurent assez présents. Il faudrait en faire une liste. Mais il serait très difficile de suivre l'ordre chronologique. Le temps qui a brouillé les visages a gommé aussi les points de repère. Il reste quelques morceaux d'un puzzle, séparés les uns des autres pour toujours.

Un soir de novembre ou de décembre, j'étais venu chercher un enfant nommé Pierre dans un immeuble du nord-ouest de Paris pour le ramener chez lui. J'ai oublié le nom de la rue. Une porte cochère massive et l'un de ces ascenseurs aux battants vitrés, si lent et silencieux que vous vous demandez s'il ne s'arrêtera pas entre deux étages. Dans une grande pièce qui devait être le salon étaient réunis une dizaine d'enfants. Sur une table basse, les restes d'un goûter d'anniversaire. La femme élégante qui m'avait ouvert m'a guidé jusqu'au fond de la pièce où Pierre jouait aux cartes avec un petit blond que la femme appelait « Ronnie ».

« Ton ami doit partir, Ronnie... Il faut que tu lui dises au revoir, Ronnie... »

Et nous nous sommes retrouvés tous les deux sur le palier.

Dehors, il faisait nuit. Je l'avais pris par la main. Oui, tous les enfants présents dans l'appartement étaient ses camarades de classe du cours Dieterlen, une école dans ce même quartier, où j'allais quelquefois le chercher à la fin de l'après-midi. Ronnie, le petit blond qui jouait aux cartes avec lui et dont on avait fêté l'anniversaire, était son meilleur ami. Bientôt, les vacances de Noël, et il espérait qu'à cette occasion on l'emmènerait au cinéma avec Ronnie.

Voilà qu'un instant du passé s'incruste dans la mémoire comme un éclat de lumière qui vous parvient d'une étoile que l'on croit morte depuis longtemps. Pierre. Goûter d'anniversaire. Ronnie. Bien sûr qu'il irait au cinéma pendant les vacances de Noël. Je me proposais même de l'y emmener si sa mère n'en avait pas le temps. En marchant côte à côte ce soir-là, nous gardions souvent le silence, mais le trajet était beaucoup plus court que celui que nous faisions parfois l'après-midi depuis le cours Dieterlen.

Nous avions franchi la grille des grands blocs d'immeubles de brique de la Porte de Champerret. Nous montions l'escalier de ciment jusqu'au second étage.

Hovine nous a ouvert la porte, comme s'il nous attendait. L'appartement était bien différent de celui d'où nous venions. Quatre pièces le long d'un couloir. À gauche de l'entrée, la cuisine avec une douche. Les fenêtres donnaient sur la cour.

« La danseuse ne rentrera pas ce soir, m'a dit Hovine. Elle répète *Le Train des Roses...* »

La danseuse, c'était la mère de Pierre. Nous lui donnions ce surnom. Et *Le Train des Roses,* un ballet qu'elle avait souvent interprété.

Pierre s'était assis sur le fauteuil de cuir et lisait un illustré.

« Je vais faire des courses pour le dîner », a dit Hovine.

Si l'on me montrait aujourd'hui deux photos anthropométriques de son visage – face et profil – aurais-je une chance de le reconnaître ?

Il était de taille moyenne. Des cheveux noirs bouclés. Des yeux clairs. D'après ce que j'avais compris, la danseuse et lui se connaissaient depuis leur enfance.

Nous nous trouvions dans la première pièce après la cuisine, celle qui servait de salon, et où se réunissaient de temps en temps les amis de la danseuse, sur le grand divan et le fauteuil de cuir où se tenait Pierre ce soir-là. La pièce suivante qui ouvrait sur le couloir était la chambre de la danseuse, et son fils Pierre occupait la chambre du fond.

Mais je n'ai pas un souvenir précis de la couleur des murs. Je crois qu'ils étaient d'une teinte assez sombre, et il me semble aujourd'hui que cet appartement je ne l'ai jamais vu en plein jour. Une lumière voilée, comme si les ampoules des lampes et du lustre dans le salon n'avaient pas le voltage suffisant.

Hovine a enfilé son manteau habituel en tissu à chevrons. La porte a claqué derrière lui. Les murs devaient être assez minces puisqu'on entendait toujours des pas et des éclats de voix dans l'escalier.

Pierre lisait encore son illustré, ouvert sur ses genoux. Je suivis le couloir et entrai dans la chambre de la danseuse. À quelle heure reviendrait-elle ? Tard dans la nuit, sans doute. Si Hovine devait s'absenter après le dîner, ce serait moi qui veillerais sur Pierre et l'amènerais peut-être le lendemain matin au cours Dieterlen. Pas la peine d'allumer la lampe dans cette chambre. Elle était assez éclairée par les lumières des fenêtres de l'immeuble d'en face. Ces fenêtres, je les regardais souvent et je finissais par reconnaître les silhouettes qui passaient derrière les vitres.

De retour dans le salon, je vis que l'illustré de Pierre était tombé sur le sol. Il s'était endormi, le front appuyé contre le bras du fauteuil.

Ainsi depuis quelques jours me revenaient, par bribes, les images d'une période très lointaine de ma vie. Jusque-là, elles étaient recouvertes par une couche de glace. J'avais quand même par instants le vague pressentiment que cela ne durerait pas. Il était fatal qu'un jour ou l'autre la glace fonde et que ces images réapparaissent comme remontent les noyés à la surface de la Seine. Et pourquoi cela se faisait-il aujourd'hui dans une ville qui avait à ce point changé qu'elle ne m'évoquait plus aucun souvenir ? Une ville étrangère. Elle ressemblait à un grand parc d'attractions ou à l'espace « *duty-free* » d'un aéroport. Beaucoup de monde dans les rues, comme je n'en avais jamais vu auparavant. Les passants marchaient par groupes d'une dizaine de personnes, traînant des valises à roulettes et la plupart portant des sacs à dos. D'où venaient ces centaines de milliers de touristes dont on se demandait s'ils n'étaient pas les seuls, désormais, à peupler les rues de Paris ? J'attendais le feu rouge pour traverser le boulevard Raspail et un homme se tenait sur le trottoir d'en face. Je reconnus aussitôt Verzini. Et j'éprouvai un brusque malaise, celui d'être en présence de quelqu'un que je croyais mort depuis longtemps.

Peut-être s'agissait-il d'un mauvais rêve. Ou d'une erreur de ma part. Pourtant, je reconnaissais la masse des cheveux, toujours plantés aussi dru, non plus noirs mais d'un blanc de neige, et le visage aux traits lourds.

J'attendais qu'il traverse le boulevard. Quand il fut à ma hauteur, au bord du trottoir, je me tournai vers lui.

« Vous êtes bien Serge Verzini ? »

Il jeta un regard sur moi, le même regard que jadis, à la fois pénétrant et dur.

« Non. Vous faites erreur. »

Toujours cette voix de basse qui me sembla un peu éraillée.

Il restait immobile, à me dévisager.

« Vraiment ? Nous nous connaissons ? »

J'hésitais à lui répondre. Il fallait que je lui cite des noms et que je lui indique une année précise. Mais tout se brouillait dans ma tête. J'avais envie de le planter là, mais je finis par lui dire :

« Oui, nous nous sommes connus dans la nuit des temps. »

Il avait froncé les sourcils et son regard s'était durci.

« Qu'est-ce que ça veut dire : la nuit des temps ? »

Il était brusquement sur la défensive.

« Excusez-moi... je croyais que vous étiez Serge Verzini. »

J'avais pris un ton détaché et même haussé les épaules.

Il a paru réfléchir quelques secondes. Et puis :
« Voulez-vous que nous buvions un verre, là-bas ? »
Et il me désignait le café au coin du boulevard et de la rue du Cherche-Midi.

★

Nous étions assis à une table, l'un en face de l'autre, seuls dans la salle, ce qui m'étonnait. Depuis quelque temps, les cafés et les restaurants de Paris étaient bondés. Devant la plupart d'entre eux, il y avait même des files d'attente.

Un silence entre nous. Il paraissait gêné. À moi, sans doute, de parler le premier.

« Vous vous occupez toujours de La Boîte à Magie ? »

Un restaurant où avait lieu, le samedi, un « dîner-spectacle ». Se succédaient des numéros étranges joués sur un rythme rapide par de non moins étranges interprètes. Mais nous y venions plutôt en semaine et nous y étions entre nous. Cet établissement se trouvait dans une petite rue, pas très loin de la Porte de Champerret, là où habitaient la danseuse et Pierre. Mais cela appartenait à un passé si lointain…

Il avait ébauché un sourire. Et son regard s'était adouci. Je crois même qu'il m'observait maintenant avec une certaine compassion.

« La Boîte à Magie ? Non, cela ne me rappelle rien. Mais j'ai connu dans la nuit des temps, comme vous dites, un certain Serge Verzini. Peut-être m'avez-vous rencontré avec lui et vous confondez les deux personnes. »

On nous servait des grenadines. Il en prit une longue gorgée et il posa d'un geste lent le verre sur la table.

« Je me souviens à peine de ce Verzini. Sauf du nom. »

J'observais son visage. Il me semblait moins brutal que celui qui était le sien à l'époque où je l'avais connu. Les joues s'étaient creusées, le nez aminci, les yeux me parurent plus petits et plus enfoncés dans leurs orbites, le front plus dégagé sous les cheveux blancs.

« Excusez-moi, me dit-il, je n'ai aucun souvenir de vous.

— Alors, vous vous souvenez peut-être de celle que nous appelions la danseuse et de son fils, le petit Pierre ?

— Pas du tout. »

J'eus l'impression qu'il éludait mes questions. Je voulais lui citer d'autres noms et le pousser dans ses retranchements, mais il s'était écoulé près d'un demi-siècle et cela suffisait pour avoir tout oublié. Et même pour être devenu un autre dans une ville où vous ne pouviez plus retrouver vos anciennes traces.

Derrière la vitre, je voyais passer les groupes de touristes habituels depuis quelques mois, sac au dos et traînant leurs valises à roulettes. La plupart portaient des shorts, des tee-shirts et des casquettes de toile à visière. Aucun d'entre eux ne pénétrait dans le café où nous étions, comme si celui-ci appartenait encore à un autre temps qui le préservait de cette foule. Des deux côtés du boulevard, ils se dirigeaient tous, en rangs serrés, vers Sèvres-Babylone.

Il avait posé à plat sa main gauche sur la table et je remarquai à son index une chevalière sur le chaton de laquelle étaient gravées les initiales SV, exactement la même que portait Verzini quand je l'avais connu.

Je finis par lui dire en désignant la chevalière :

« Toujours les mêmes initiales ?

— Décidément, on ne peut rien vous cacher. »

Il haussa les épaules. Puis il sortit de la poche intérieure de sa veste un petit agenda de cuir dont il arracha une page. Sur celle-ci, il écrivit quelque chose avec le porte-mine de l'agenda.

« Si vous voulez me revoir, je vous donne mon adresse, mon numéro de portable et aussi mon numéro de fixe. »

Il me tendit la page où il était écrit :

06.580.015.283
Fixe : Opéra 81.60
9, rue Godot-de-Mauroy (9e)

« Appelez-moi plutôt sur le fixe. »

Dehors, nous étions bousculés par le flot des touristes. Ils avançaient par groupes compacts et vous barraient le chemin.

« Nous reprendrons peut-être un jour notre conversation, me dit-il. C'est si loin, tout ça... Mais j'essaierai quand même de me souvenir... »

Il eut le temps de me faire un signe du bras avant d'être entraîné et de se perdre dans cette armée en déroute qui encombrait le boulevard.

Parfois l'on retrouve dans les rêves la lumière de ce temps-là telle qu'elle était à certains moments précis de la journée.

La danseuse arrivait, le matin, à sept heures quarante-cinq, gare du Nord. Ensuite le métro jusqu'à la place de Clichy. Le bâtiment du studio Wacker était vétuste. Au rez-de-chaussée, une dizaine de pianos d'occasion, rangés en désordre comme dans un dépôt. Aux étages, une sorte de cantine avec un bar et les studios de danse. Elle prenait des cours avec Boris Kniaseff, un Russe que l'on considérait comme l'un des meilleurs professeurs... Une odeur particulière de vieux bois, de lavande et de sueur. Elle côtoyait des danseurs de toute espèce : danseurs de l'Opéra ou du music-hall, Jean-Pierre Bonnefous, Marpessa Dawn... d'autres dont j'ai oublié les noms.

Quand le cours avait lieu dans l'après-midi, elle sortait vers sept heures du soir. Pourquoi le studio Wacker est-il associé aux mois d'automne et du tout début de l'hiver, tôt le matin quand il fait encore nuit, et en fin d'après-midi quand la nuit est déjà tombée ?

À ces heures-là, vous aviez l'impression de vous fondre dans la ville. Vous marchiez et vous n'étiez qu'une poussière parmi les poussières des rues. Bientôt, elle n'eut plus besoin de prendre le train le soir, à la gare du Nord, pour retourner dans une banlieue lointaine. La chambre qu'elle louait rue Coustou était toute proche du studio Wacker. Il suffisait de longer la façade du lycée Jules-Ferry et de suivre le boulevard jusqu'à la place Blanche. Même au début de l'hiver, il y avait une certaine douceur dans l'air. Et quand il faisait froid les lumières du boulevard étaient encore plus vives et plus amicales. Sur le terre-plein s'installaient des baraques foraines juste avant Noël. Et ces termes de danse qui me reviennent en mémoire sans que je puisse préciser aujourd'hui leur sens exact. La diagonale. La variation. Le déboulé. La barre à terre ou la barre au sol. Il m'arrive encore de me les réciter à voix basse. Apprends aussi à « casser le coude » pour donner une impression de fragilité. Oui, casser le coude. La danse, disait Kniaseff, est une discipline qui vous permet de survivre. Un soir, il était assis avec elle au bar du studio Wacker, dans la pénombre. Ils étaient seuls, car les cours étaient finis depuis longtemps. Il lui expliquait que cette discipline donne vraiment un sens à la vie et vous empêche de partir à la dérive. Lui-même… Elle était étonnée qu'il lui fît des confidences, lui d'habitude si réservé et observant une sorte de raideur militaire. Sais-tu pourquoi les Russes ont brillé dans cette discipline plus que les autres ? Parce que beaucoup d'entre eux avaient besoin de lutter contre leur chaos intérieur, leur violence et le cafard qui les prenait de temps en temps. Et il éclatait de rire, car elle l'écoutait, bouche bée. « Tu es mon élève préférée, et il ne faut pas avoir peur de souffrir et de saigner dans les chaussons de danse. Tu comprends ? » C'était la première fois qu'il lui parlait vraiment. Pendant les cours, elle avait si peu confiance en elle que jamais elle n'aurait pu imaginer qu'il lui avait prêté une attention particulière. Il est vrai qu'elle se trouvait souvent avec des danseuses ou des danseurs plus âgés qu'elle et plus aguerris. Et, ce soir-là, il lui avait dit qu'elle était son « élève préférée ». Et il avait même ajouté, en faisant allusion à l'une de ses anciennes élèves : « Si tu continues comme ça, tu seras aussi bonne que Chauviré... »

Ils s'étaient quittés à la sortie du studio Wacker et elle était restée immobile à le suivre du regard jusqu'à ce qu'il disparaisse le long du boulevard des Batignolles dans sa vieille canadienne, avec le béret enfoncé jusqu'aux sourcils. À le voir marcher de dos, il lui semblait que Kniaseff était si léger que ses pieds touchaient à peine le sol. C'était cela, la danse, avait-il l'habitude de dire à ses élèves. Tant de travail pour donner l'illusion que l'on s'envole sans effort à quelques mètres du sol... Elle marchait sous les arbres du terre-plein et elle éprouvait une grande exaltation. Elle se répétait les mots qu'il lui avait dits : « Tu es mon élève préférée. » En montant jusqu'à sa chambre, elle n'avait même pas senti les marches de l'escalier.

Je n'ai jamais vraiment su en quelle occasion elle avait fait la connaissance d'Hovine. Elle m'avait dit que c'était un ami d'enfance du temps où elle habitait Saint-Leu-la-Forêt. Hovine, je l'ai rencontré pour la première fois le soir où nous sommes allés tous les trois chercher le petit Pierre à la gare d'Austerlitz.

Jusque-là, j'ignorais qu'elle avait un fils. Nous étions sur place, près d'une demi-heure à l'avance. Pierre voyageait seul et elle craignait qu'il ne se soit perdu. Nous nous sommes assis sur un banc dans le hall de la gare, le plus près possible de la voie où arriverait le train.

Elle ne m'a pas donné beaucoup d'explications au sujet de son fils. Pierre avait sept ans et elle l'avait confié à des parents à elle. Aucune allusion non plus au père de l'enfant. Hovine devait en savoir plus long.

Quand le train est entré en gare, nous nous sommes postés à l'entrée du quai. Elle observait avec inquiétude le flot des voyageurs, sans distinguer Pierre parmi ces gens serrés les uns contre les autres. Au bout d'un certain temps, le flot s'est tari et il ne restait plus que quelques personnes isolées. Nous suivions le quai en sens inverse. C'est Hovine qui l'a vu descendre de l'un des derniers wagons comme s'il avait eu peur, jusque-là, de se perdre dans la foule.

Elle paraissait intimidée par son fils. Lui aussi éprouvait visiblement à son égard une certaine réserve. Ils étaient l'un en face de l'autre comme s'ils se surveillaient, avant qu'elle ne se penche vers lui et ne l'embrasse d'un geste maladroit. Je me suis demandé depuis combien de temps elle ne l'avait pas vu. Je n'ai jamais eu aucune réponse de sa part. Avec elle, souvent, tout restait ainsi dans le flou. Sur le revers du manteau de Pierre, je remarquai une étiquette où l'on avait écrit simplement son prénom, comme on le faisait pour les enfants évacués par train pendant la guerre. Hovine portait sa valise, une petite valise en fer-blanc. Il n'y avait pas beaucoup de monde à la station de taxis. Elle a pris place avec Hovine et Pierre sur les sièges arrière et je me suis assis à l'avant.

Pierre regardait par la vitre le paysage. Connaissait-il Paris ? S'il y venait pour la première fois, il garderait sans doute en mémoire ce trajet à travers la ville. Mais se souviendrait-il de ceux qui l'accompagnaient ? Nous arrivions place de la Concorde, et je me tournai vers lui. Apparemment, tous ces réverbères allumés l'impressionnaient. Elle restait silencieuse, elle aussi. La séparation avait dû être longue puisqu'elle ne trouvait rien à lui dire.

Le taxi s'est arrêté devant les blocs d'immeubles, place de la Porte-de-Champerret. Elle habitait ici depuis très peu de temps, et voilà pourquoi elle avait fait venir Pierre à Paris.

«J'espère que tu aimeras ta chambre.»

Il ne répondait pas. Il levait la tête pour observer les façades des immeubles.

C'était la période la plus incertaine de ma vie. Je n'étais rien. Jour après jour, j'avais l'impression de flotter dans les rues et de ne pas pouvoir me distinguer de ces trottoirs et de ces lumières, au point de devenir invisible. Et pourtant j'avais l'exemple de quelqu'un qui pratiquait un art difficile, « très, très difficile », comme le répétait Kniaseff avec son accent russe si léger qu'il me semblait un accent anglais ou viennois. Et je crois bien que l'exemple de la danseuse, sans que j'en aie eu clairement conscience, m'a incité à modifier peu à peu mon comportement et à sortir de cette incertitude et de ce néant qui étaient les miens.

Quelque temps avant de faire sa connaissance, je cherchais à louer une chambre, et je me souviens m'être présenté dans une agence immobilière place de la Madeleine dont j'avais remarqué la plaque. Il était sept heures et demie du soir et l'homme qui m'a ouvert m'a dit qu'il était trop tard pour recevoir des clients.

Il m'a précédé quand même à travers des pièces désertes jusqu'à son bureau. Il m'a demandé combien je pouvais dépenser de loyer. Trois cents francs. « Ce n'est pas beaucoup », m'a-t-il dit en suçant d'un air pensif le bout de son stylo-bille. Et devant son peu d'enthousiasme, je m'apprêtais à prendre congé quand il a ajouté : « J'ai peut-être quelque chose pour vous. » Et il m'a parlé d'un homme qui louait des chambres dans le quartier. « Je vous donne son numéro de téléphone. Vous l'appellerez de ma part. »

J'ai appelé le dénommé Serge Verzini et il m'a fixé rendez-vous devant un immeuble de l'une de ces rues proches de la Madeleine. La chambre était mansardée et minuscule, tout au fond d'un long couloir où se succédaient des portes, chacune avec un numéro sur une petite plaque en émail. La mienne était le numéro 23. Puis il m'a entraîné dans un bar de la rue Godot-de-Mauroy pour « signer le contrat », un bar aux boiseries claires dont il était le patron. Je m'étais demandé quelle profession il exerçait, quand il me faisait visiter la chambre. Mais là, assis l'un en face de l'autre sur les fauteuils de cuir, j'ai pensé que ses cheveux noirs, ramassés en arrière, les traits assez brutaux de son visage et son élégance vestimentaire correspondaient au décor où nous nous trouvions.

Il m'expliqua qu'il était le propriétaire de toutes les chambres du couloir, des chambres habitées jadis par le personnel de l'immeuble. Mais il n'y avait plus de personnel depuis longtemps.

« Vous êtes étudiant ? m'a-t-il demandé.

— Non. J'écris des paroles de chansons. »

Lui, il avait tenu pendant un certain temps un cabaret où des artistes faisaient des tours de chant.

Aujourd'hui, il était propriétaire d'un établissement plus modeste dans le dix-septième arrondissement, La Boîte à Magie. Là-bas, le samedi soir, avait lieu un « dîner-spectacle ». Mais les autres jours il était fréquenté par une danseuse classique et sa bande d'amis.

« Vous devriez venir. Vous y retrouverez certainement des collègues. »

Pourquoi était-il si aimable avec moi ? Peut-être aimait-il la jeunesse... Il n'y avait aucun client autour de nous cet après-midi-là. L'heure creuse ? À moins que plus personne ne fréquentât cet établissement et que lui, Serge Verzini, restât toute la journée assis, seul sur son fauteuil de cuir.

« Si vous avez le moindre problème dans votre chambre, téléphonez-moi. »

Il ne m'avait fait signer aucun contrat de location. Il m'avait simplement donné son adresse, ou plutôt l'adresse du bar, pour que je lui envoie au début de chaque mois un chèque de trois cents francs.

Quelque temps plus tard, je l'ai croisé vers neuf heures du soir quand je sortais de l'immeuble où se trouvait ma chambre, rue Chauveau-Lagarde.

« Alors, vous êtes content de votre chambre ? »

Je n'osais lui dire que le radiateur était défectueux. Et l'hiver approchait.

« Vous êtes libre ce soir ? Je vous emmène à La Boîte à Magie. »

Je cherchais un mot d'excuse pour prendre congé. Mais sans me demander mon avis il ouvrit la portière droite de sa voiture et me fit signe d'y monter. Il resta silencieux pendant tout le trajet qui me sembla très long. Enfin, il tourna dans une rue étroite, juste avant le boulevard Pereire.

« Voilà… Nous arrivons… »

Une salle de restaurant éclairée faiblement par de petites lampes sur les tables. Un bar à l'entrée. Une estrade, tout au fond, qui pouvait servir de scène. Des fauteuils contre le mur, près du bar. Il m'entraîna vers une table de restaurant où se tenaient deux jeunes gens.

Il me fit signe de m'asseoir à la table et prit place lui aussi, à côté de moi. Il paraissait très bien connaître ces deux personnes.

« Un ami qui travaille dans la chanson, dit-il à la fille en me présentant.

— Ah oui ? Dans la chanson ? »

Et je crois qu'elle me regardait avec un sourire ironique.

« Elle, c'est une très grande danseuse, vous savez », me dit Verzini.

Puis il se leva, me laissant seul avec eux, et alla rejoindre deux hommes assis sur les fauteuils, près du bar. Je ne garde qu'un souvenir discontinu de cette soirée, comme si elle s'était déroulée sur un rythme saccadé et de plus en plus rapide. Quel était celui qui se trouvait à la table de la danseuse ce soir-là ? Ce ne pouvait être Hovine que j'ai rencontré plus tard, ni Jean-Pierre Bonnefous qui suivait avec elle les cours de Kniaseff au studio Wacker. Nous sortons du restaurant, et cet homme qui l'accompagnait et dont le visage s'est effacé pour toujours nous quitte sur le trottoir. Je suis seul avec elle. Elle me dit qu'elle a besoin de marcher et que son domicile n'est pas très loin d'ici. Je lui propose de l'accompagner.

Nous suivons le boulevard Pereire, puis l'avenue de Villiers. L'air est tiède, presque comme en été, et pourtant il me semble bien que nous étions au mois de novembre. Et j'ai la certitude que les arbres n'avaient pas encore perdu leurs feuilles.

Il y en a eu souvent des promenades comme celle-là. À la sortie du studio Wacker, elle avait besoin, me disait-elle, de marcher. J'attendais que le cours finisse, assis tout au fond du studio pour ne gêner personne, dans le renfoncement d'une fenêtre qui donnait sur la rue de Douai.

Elle m'avait présenté à Kniaseff comme un « auteur de chansons » et il m'avait dit d'un air soupçonneux : « Pourquoi ? Vous voulez la faire chanter ? » Puis il avait fini par s'habituer à ma présence. Le soir, nous revenions à pied du studio Wacker jusqu'à l'appartement de la Porte de Champerret. Quelquefois, Kniaseff sortait en même temps que nous du studio et prenait le même chemin le long du boulevard des Batignolles. Nous gardions le silence. Nous le quittions au carrefour Villiers, et j'avais l'impression qu'il allait longtemps encore marcher au hasard.

« Vous habitez près d'ici ? lui avais-je demandé.

— Oh non ! très loin… très loin d'ici », m'avait-il dit d'une voix triste.

Nous éprouvions du remords à le laisser seul.

La nuit dernière, j'ai tenté de faire une liste des personnes qui formaient autour d'elle un petit groupe. D'abord, quelques danseuses et danseurs du studio Wacker dont les noms me sont restés en mémoire: Jean-Pierre Bonnefous, Félix Blaska, Marpessa Dawn, Lebercher, Jeannette Lauret, Michel Panaieff, Nicole Jade…

Nous les retrouvions à la cantine du studio et, après les cours, au Bastos, sur le boulevard près du Gaumont Palace.

Ils venaient quelquefois dans l'appartement de la Porte de Champerret. Et puis d'autres fréquentaient plus souvent l'appartement. Hovine, bien sûr, mais aussi Youra dont je ne me souviens que du prénom. Il prenait des photos de ballets et rédigeait des textes sur celles-ci dans des programmes et une revue spécialisée. Il était souvent en compagnie d'un certain Lionel Roc, ancien élève de l'école de danse du Châtelet et imprésario. Un grand brun athlétique, Tiouls, faisait partie de l'équipe du Cirque d'Hiver. Et Peggy Sage. Elle travaillait dans un institut de beauté après avoir été danseuse. Et quelques visages et silhouettes sur lesquels je ne peux pas mettre de noms.

Et que venait faire Serge Verzini là-dedans ? Hovine, un jour où je me trouvais seul avec lui, m'avait dit à demi-mot que la danseuse et lui connaissaient Verzini parce que celui-ci avait été lié avec le père du petit Pierre. Tout cela s'était passé il y a longtemps à Saint-Leu-la-Forêt. Et comme il sentait que j'aurais voulu en savoir plus long, il avait haussé les épaules et il était resté silencieux. Moi aussi. Ce n'était pas dans ma nature d'être insistant. Après tout, la danseuse, au cours de nos longues promenades, finirait bien par me faire des confidences.

J'avais remarqué un détail curieux concernant la clientèle de La Boîte à Magie. Il y avait le groupe, autour de la danseuse, dont je viens de citer quelques noms. Et puis, quand Verzini était présent, plusieurs individus autour de lui formaient un autre « groupe » qui n'avait rien à voir avec celui de la danseuse et dont les membres parlaient entre eux à voix basse, comme s'ils voulaient que leurs conversations ne soient entendues de personne. La Boîte à Magie semblait leur point de ralliement. Des hommes dont la plupart avaient l'âge de Verzini, et la même élégance vestimentaire un peu suspecte. Deux ou trois femmes, de temps en temps, avec des manteaux de fourrure. Et une sorte de boute-en-train assez inquiétant, qui allait d'une table à l'autre, la voix forte, les traits du visage très durs et les cheveux courts. Il devait être l'associé de Verzini et l'organisateur des « dîners-spectacles » du samedi. Son nom me revient brusquement à l'esprit, et je me demande bien pourquoi : Olaf Barrou.

Beaucoup plus tard, les hasards de la vie m'ont permis d'apprendre d'autres détails sur Verzini et certains clients de La Boîte à Magie, et même sur le père du petit Pierre. J'y reviendrai peut-être en temps voulu. Dans l'immédiat, je voudrais ne pas m'égarer sur des chemins de traverse, mais suivre une route bien droite qui me permettrait d'y voir plus clair. Il faut marcher à pas comptés pour déjouer le désordre et les pièges de la mémoire.

Ainsi, je me souviens d'une grande salle dans le sous-sol du cinéma Rex où elle répétait avec quelques autres danseurs dirigés par un ancien membre de la compagnie du marquis de Cuevas. Le ballet s'appelait *Le Train des Roses*, l'un de ceux qu'elle préférait. Tous ses efforts pour être plus légère, tout ce travail pour « casser le coude », comme disait Kniaseff, et donner aux bras une fluidité et une fragilité presque immatérielles… Peut-être finirait-elle par s'envoler, traverser les murs et les plafonds et déboucher à l'air libre, sur le boulevard.

Les répétitions dans le sous-sol du Rex ont duré une dizaine de jours. Et c'était chaque soir le retour à pied jusqu'à la Porte de Champerret. Le trajet durait plus longtemps que celui que nous faisions en quittant le studio Wacker.

Au début, j'avais du mal à la suivre, mais je finissais par m'habituer à son rythme. Et peu à peu disparaissait ce sentiment de vide et de stagnation dans les profondeurs qui me prenait à certains moments de la journée. C'était comme si elle m'entraînait et m'aidait à remonter à la surface.

Un autre trajet dans Paris que nous avions fait ensemble était encore plus long que celui du cinéma Rex jusqu'à la Porte de Champerret. J'ai cherché en vain, depuis une trentaine d'années, le nom de ce Turc, grand amateur de ballets, qui donnait une fête chaque année pour les danseuses et les danseurs français et étrangers dans un petit appartement dont je ne suis jamais parvenu à savoir s'il était au bord du bassin de la Villette ou le long du canal de l'Ourcq. Et personne jusqu'à présent n'a pu me le dire, de sorte que je suis le dernier témoin.

Dans deux pièces contiguës et à la lueur des bougies, comme pour un anniversaire, se pressaient des invités dont je reconnaissais quelquefois les visages : Noureev, Margot Fonteyn, Babilée, Bonnefous, Yvette Chauviré, Jorge Donn, Béjart, Sonia Petrovna, une jeune fille dont Kniaseff nous avait dit qu'elle était française mais qu'elle avait choisi, pour danser à l'Opéra, un nom russe. Contre les murs, des divans sur lesquels ils prenaient place tour à tour. Le maître de maison, un petit homme brun et replet à moustaches et costume noir, allait des uns aux autres, silencieux et avec un éternel sourire. J'étais toujours proche d'une fenêtre et je ne pouvais pas m'empêcher de regarder, derrière la vitre, le paysage : ce bassin ou ce canal bordé de maisons basses et de hangars où était amarrée une péniche.

À la sortie de l'immeuble, vers une heure du matin, nous entendions encore le brouhaha des conversations, là-haut dans l'appartement. Autour de nous, au bord du bassin ou du canal, le silence. Les quais étaient éclairés par une lumière blanche. Il arrive que dans un rêve vous traversiez un quartier de Paris qui vous semble si lointain que vous avez de la peine, au réveil, à le situer exactement en consultant le plan. Et vous finissez par comprendre que ce quartier appartenait à une autre ville – Rome, Londres, Vienne, Anvers – et que, le temps d'une nuit, il s'était incorporé à Paris, du côté du bois de Boulogne ou bien du parc Montsouris. Ou ailleurs.

Seul, je me serais perdu. Mais je lui faisais confiance. C'était elle qui me guidait.

On a beau faire de son mieux et se croire hors d'atteinte, on n'échappe pas toujours aux fantômes.

La première fois qu'elle avait été en présence de ce revenant, elle habitait encore dans la chambre, rue Coustou. Ce matin-là, le cours de danse avait lieu un peu plus tard que d'habitude, à dix heures. Elle marchait sur le terre-plein du boulevard et elle l'avait reconnu quand ils étaient encore à une certaine distance l'un de l'autre. Elle s'apprêtait, pour l'éviter, à rejoindre le trottoir qui longe le lycée Jules-Ferry, mais elle préféra continuer tout droit. Quand elle arriva à sa hauteur, elle fut prise d'une sorte de vertige et elle le regarda droit dans les yeux.

Son regard à lui était dénué de la moindre expression. Elle se retourna et le vit s'éloigner d'un pas régulier, comme si de rien n'était.

Mais quelques jours plus tard, dans l'après-midi, elle suivait le même chemin jusqu'au studio Wacker. Il était assis, seul, à la terrasse du Bastos, juste derrière la vitre. Elle éprouva le même vertige.

Elle restait immobile, sur le trottoir, à le dévisager. Elle croisa son regard, le même que la première fois, un regard absent. D'un geste mécanique, il se détourna pour observer l'entrée du café ou l'horloge fixée au mur. Peut-être attendait-il quelqu'un. Cela faisait une éternité qu'elle ne l'avait pas vu et à l'époque elle n'avait pas la même coiffure. Sans doute ne l'avait-il pas reconnue.

Elle fut soulagée d'entrer au studio Wacker, comme si elle avait franchi la frontière d'un pays neutre. Là, elle ne risquait rien. Elle se tint un moment dans la pénombre du rez-de-chaussée, parmi les dizaines de pianos rangés en désordre. Kniaseff l'attendait à la porte du studio.

« Tu es toute pâle… Quelque chose ne va pas ? »

Rien que d'entendre sa voix, cela la rassurait. Et à mesure qu'elle faisait les exercices habituels, elle retrouvait son calme. Celui qu'elle venait de voir à la terrasse d'un café n'était qu'un sosie. Ou simplement un individu inoffensif si elle en jugeait par son regard éteint.

Mais la troisième fois qu'elle tomba sur lui, elle perdit son sang-froid. C'était à quelques mètres de son immeuble. Il se tenait, immobile, sur le trottoir opposé, devant le grand garage. Elle continua à marcher pour qu'il ne la voie pas entrer dans l'immeuble. Elle prit la rue des Abbesses. Il ne la suivait pas. La nuit était tombée. Elle décida d'attendre quelque temps dans l'église, là-bas, qu'on appelait Saint-Jean-des-Briques.

Elle était assise au fond de la nef. Peu à peu, elle retrouvait son calme et la même sensation qu'au studio Wacker quand elle faisait ses exercices : la sensation de reprendre la maîtrise de son corps. Que pouvait-elle craindre ? Elle se leva, sortit de l'église et suivit le chemin inverse. Elle marchait si vite qu'elle avait l'impression de ne plus toucher le sol. De nouveau, elle le vit, immobile, devant le garage, comme une momie que l'on aurait abandonnée, debout, dans son sarcophage ouvert. Elle poussa la porte de l'immeuble. Elle s'attendait à ce qu'il lui emboîte le pas dans l'escalier. Mais non.

Elle regarda par la fenêtre de sa chambre. En bas, toujours cette ombre, cette tache noire qui tranchait sur le mur blanc du garage.

★

Le lendemain, elle sortait du studio Wacker, et il était là sur l'autre trottoir. Il se dirigea vers elle, avec un drôle de sourire.

« Tu me reconnais... ? »

Sans lui répondre, elle fit un pas en avant, mais il lui barra le passage.

« Saint-Leu-la-Forêt... Ça fait longtemps, hein ? Tu me reconnais ? »

Elle avait oublié son nom. Il n'avait plus cette allure spectrale des jours précédents, ce regard éteint. On aurait dit qu'il s'était réveillé et qu'il s'agitait une dernière fois avant de s'effacer pour toujours. Il la prit par les épaules pour la retenir, et ce contact visqueux lui causa un haut-le-cœur. Après huit ans, comment avait-il su qu'elle habitait ce quartier ? Qui lui avait indiqué son adresse et celle du studio Wacker ? Elle se dégagea en le frappant d'un mouvement sec et violent du coude auquel il ne s'attendait pas, et elle le laissa derrière elle. Elle marchait maintenant sur le terre-plein du boulevard.

Saint-Leu-la-Forêt... Ce nom lui semblait appartenir à une autre vie. Elle demanderait à Hovine comment s'appelait l'épouvantail qui était reparu brusquement. Peut-être, par un mauvais hasard, l'avait-il croisée sans qu'elle s'en aperçût et suivie dans le quartier depuis longtemps. Hovine se souvenait certainement de cette période de Saint-Leu-la-Forêt. Elle, la danse lui avait fait tout oublier.

Mais elle ne posa aucune question à Hovine. Elle finissait par penser qu'il s'agissait d'un rêve, de ceux dont il subsiste encore des relents le lendemain, et même les jours suivants, si bien qu'ils se mêlent à votre vie quotidienne et que vous ne pouvez plus séparer le rêve de la réalité. Elle espérait seulement que ce rêve ne se produirait plus. Le mieux, ce serait de changer de domicile.

★

J'avais remarqué, à plusieurs reprises, à la sortie du studio Wacker et sur le boulevard à hauteur du Bastos, qu'elle se retournait ou bien regardait de gauche à droite, comme si elle voulait vérifier si quelqu'un ne la suivait pas. Je lui ai demandé pourquoi elle paraissait inquiète. Elle m'a répondu sur un ton ironique qu'elle craignait de voir réapparaître les « fantômes du passé ». Et quels étaient donc ces fantômes ? Elle m'a lancé un léger sourire. Peut-être éprouvait-elle, ce jour-là, le besoin de se confier à quelqu'un. Tout cela datait de son enfance et de son adolescence à Saint-Leu-la-Forêt. Là-bas, une femme lui avait donné des cours de danse quand elle était enfant et jusqu'à l'âge de quatorze ans. Et c'était elle qui lui avait conseillé de s'inscrire à Paris au studio Wacker et lui avait écrit une lettre de recommandation pour Boris Kniaseff. Alors avaient commencé les trajets en train de Saint-Leu-la-Forêt à la gare du Nord le matin, et le soir de la gare du Nord à Saint-Leu-la-Forêt. Elle avait rencontré le père du petit Pierre à Saint-Leu-la-Forêt. C'était un ami de Serge Verzini. Celui-ci avait une maison dans le village. Ils avaient même habité quelque temps dans cette maison. Et le père du petit Pierre ? Elle ne savait pas ce qu'il était devenu. Et d'ailleurs elle ne se posait même plus la question. Et Verzini ne le savait pas non plus. Les gens qui venaient dans sa maison de campagne n'étaient pas toujours très « recommandables ». Le père du petit Pierre non plus. Mais Verzini était plutôt un homme gentil et il l'avait aidée quand elle avait voulu habiter Paris.

Elle donnait ces détails par saccades, dans le désordre, comme si elle avait des trous de mémoire. Par exemple, elle ne disait pas un mot de ses parents, et de bien d'autres choses. Je devinais qu'il était inutile de lui poser des questions. Elle ne répondrait pas. Ce passé lui semblait si lointain qu'il ne lui en restait que des débris qui flottaient à la dérive. Elle me parlait maintenant du ballet de Balanchine, *La Somnambule*, qu'elle répétait depuis quinze jours pour la compagnie de Félix Blaska. En somme, sa vie antérieure ne l'intéressait plus du tout et elle s'était débarrassée d'elle comme d'une peau morte. Et cela grâce à la danse. Kniaseff avait raison de dire que la danse est une discipline qui vous permet de survivre.

Brusquement, le nom du « fantôme » qu'elle avait rencontré à trois reprises lui était revenu en mémoire : André Barise. Il avait un frère qui lui ressemblait au point qu'elle se demandait s'il n'était pas son jumeau et dont elle avait oublié le prénom. On disait d'ailleurs « les frères Barise ». Et ces deux mots étaient enveloppés pour elle d'une odeur de marécage.

Ils étaient surtout liés, ces noms, aux allers-retours qu'elle faisait, à partir de quatorze ans, dans les trains entre Saint-Leu-la-Forêt et la gare du Nord, et le soir entre la gare du Nord et Saint-Leu-la-Forêt. Elle se retrouvait souvent dans le train de sept heures et demie du matin avec les frères Barise et, au retour, dans le train de sept heures du soir avec André Barise seul.

Des visages joufflus, de petites bouches dures. Leurs yeux vous fixaient toujours de manière sournoise. Les mains épaisses et, par contraste, une façon de parler précieuse, un vocabulaire qu'ils s'efforçaient de rendre distingué. Et chacun portait au petit doigt la même chevalière.

Il était difficile de les éviter. Si elle changeait de wagon à l'improviste pour les fuir à l'arrêt de Saint-Prix ou d'Enghien, ils la suivaient. Et même si elle changeait de train à Ermont pour descendre à la gare Saint-Lazare.

Les retours à Saint-Leu-la-Forêt, le soir, étaient les plus pénibles. André Barise s'asseyait à côté d'elle. Si elle changeait de place, il la suivait. À partir d'Ermont, les wagons étaient à moitié vides et elle ne pouvait plus se débarrasser de lui. Il se collait à elle. Il prenait un ton de plus en plus précieux pour lui faire part de ses projets. Il travaillait dans un bureau, mais bientôt il serait engagé pour le tournage d'un film comme assistant aux studios de Boulogne. Elle se levait de nouveau et se réfugiait devant la portière du wagon. Il venait la rejoindre et la plaquait contre la portière. Elle se débattait, mais il pesait sur elle de plus en plus fort si bien qu'elle étouffait. Les quelques rares voyageurs demeuraient indifférents. Ils croyaient sans doute qu'il s'agissait d'un jeu, puisque Barise se rejetait de temps en temps en arrière et éclatait de rire.

À la sortie du train, sur le quai de la gare de Saint-Leu-la-Forêt, elle se mettait à courir. Et elle ne tardait pas à le distancer. Il s'essoufflait derrière elle. Il finissait par renoncer. Elle se sentait de plus en plus légère en courant, et cette légèreté, cette sensation d'être désormais hors d'atteinte, elle la devait aux cours de danse.

Mais le matin, quand elle tombait sur les frères Barise dans le hall de la gare de Saint-Leu-la-Forêt, elle aurait voulu en finir une fois pour toutes. Seule la pensée qu'elle serait bientôt à Paris au studio Wacker l'apaisait.

Le soir, à la gare du Nord, le découragement la reprenait à la vue d'André Barise. Il faudrait encore supporter jusqu'à Saint-Leu-la-Forêt ce type et son odeur de marécage.

C'était un soir, à la sortie de la salle Pleyel, quand elle dansait *La Somnambule*, le ballet de Balanchine. Une femme était venue assister au spectacle, une certaine Paula Hubersen qu'elle m'avait présentée au cours de la fête qu'organisait le Turc, chaque année, pour les danseurs dans son petit appartement du bassin de la Villette ou du canal de l'Ourcq.

J'hésite sur l'orthographe du prénom. Paula ? Pola ? Je crois plutôt que c'était Pola. J'ai su, beaucoup plus tard, qu'elle était la fille d'un compositeur d'opérettes qui avait dû quitter Vienne avant la guerre pour l'Amérique. Elle avait environ trente-cinq ans et vivait à Paris, séparée d'un mari américain. Comme le Turc du bassin de la Villette ou du canal de l'Ourcq, elle aimait beaucoup le milieu de la danse. Elle y avait la réputation d'être une sorte de mécène, car elle donnait de l'argent à de jeunes compagnies.

Mais, sur le moment, je vivais au jour le jour sans me poser de questions sur celles et ceux que le hasard me permettait de côtoyer. Je me laissais porter par le courant. Je faisais la planche. Hier soir, à cette heure que l'on appelle « entre chien et loup », j'étais seul et je ne pouvais détacher mon regard d'une fenêtre éclairée à la façade d'un immeuble. J'imaginais qu'une personne m'attendait là, derrière la vitre, pour répondre enfin aux questions que je me pose aujourd'hui sur cette période de ma vie, des questions depuis si longtemps sans réponse.

À la sortie de la salle Pleyel, Pola Hubersen nous avait guidés jusqu'à sa voiture. Elle lui disait qu'elle l'avait trouvée très émouvante dans *La Somnambule*, un ballet qu'elle avait vu, quelques années auparavant, avec Maria Tallchief dans ce rôle. Oui, elle la trouvait aussi émouvante que Maria Tallchief. Nous étions montés dans la voiture, la danseuse à l'avant et moi sur la banquette arrière. Pola Hubersen voulait nous emmener dîner près de chez elle, dans l'une de ces grandes avenues qui partent de l'Étoile.

Un lieu que l'on n'aurait pas pu repérer dans ce quartier désert. On y accédait par une simple porte, comme s'il s'agissait d'un établissement clandestin. Par contraste avec la nuit du dehors, la lumière crue de la petite salle vous faisait cligner les yeux. Un bar d'acajou. Quelques tables étaient dressées le long d'un rideau épais qu'on avait sans doute tiré pour ne laisser filtrer aucune lumière vers l'extérieur. En raison de l'heure tardive, nous étions les seuls clients.

Pola Hubersen était une familière de l'endroit puisque celui qui semblait le patron et qu'elle appelait par son prénom lui apporta une bouteille de whisky et un verre. Et la danseuse ne paraissait pas s'en étonner.

Elle devait connaître depuis longtemps les habitudes de Pola Hubersen.

Pourquoi cette soirée est-elle restée si présente dans ma mémoire ? Au début, j'avais éprouvé le sentiment de n'avoir plus aucun point de repère. L'endroit où nous étions me semblait coupé du monde avec ses rideaux tirés sur la grande avenue déserte qui descendait vers la Seine. Si j'avais quitté la danseuse et Pola Hubersen et m'étais retrouvé dehors, sur le trottoir de l'avenue, je crois que ce sentiment ne m'aurait pas quitté. J'aurais marché tout droit, sans reconnaître la ville autour de moi, et cherché, pour me rassurer, la station de métro la plus proche, mais, à cette heure-là, les grilles des stations étaient fermées. À qui demander mon chemin ? La danseuse et Pola Hubersen parlaient entre elles et ignoraient ma présence. Pola Hubersen versait régulièrement, d'un geste gracieux, du whisky dans son verre et le buvait à petites gorgées, sans que cet alcool paraisse lui faire le moindre effet. Je m'efforçais de les écouter avec le plus d'attention possible, en pensant que les mots de leur conversation étaient désormais mes seuls points de repère : Maria Tallchief... Babilée... Rosella Hightower... Michaël Denard... Béjart... Il faudrait peut-être que tu sois dans cette compagnie... Tu étais si bien dans *Le Train des Roses*...

Pola Hubersen s'était tournée vers moi et elle m'avait demandé d'une voix très douce :

« Et vous, vous vous intéressez à la danse ? »

J'avais sursauté. Jusque-là, elle ne m'avait pas prêté beaucoup d'attention.

« Oui, je m'y intéresse. »

Je cherchais les mots. J'étais si surpris qu'elle m'ait adressé la parole… Et j'avais toujours eu du mal à répondre aux questions.

La danseuse était venue à mon secours.

« Il s'y intéresse parce qu'il trouve que c'est une discipline. Une discipline qui vous permet de survivre, comme le répète Kniaseff. »

Pola Hubersen gardait son regard fixé sur moi. Apparemment, ce que venait de dire la danseuse l'avait frappée.

« Vous avez besoin d'une discipline ? »

Et c'était comme si elle voulait en savoir plus long.

« Oui, malheureusement.

— Pourquoi : malheureusement ?

— Parce que, pour le moment, je n'en trouve pas. »

Elle avait un air grave. Elle semblait prendre la chose à cœur.

« Mais vous finirez bien par en trouver, une discipline…

— Ne vous faites pas trop de souci pour moi, ça viendra, ça viendra… »

Et je m'efforçai de sourire et de hausser légèrement les épaules, pour rompre avec le tour sérieux que prenait la conversation.

★

Dehors, nous descendions l'avenue. Elle nous avait proposé de « prendre un dernier verre » chez elle, et cette expression m'avait fait sourire. Ni la danseuse ni moi ne prenions jamais de verre.

J'étais rassuré de me trouver en leur compagnie. Une heure ou même deux heures du matin. Peu importaient les grilles fermées des stations de métro, l'avenue déserte et les fenêtres obscures des immeubles qui vous donnaient l'impression que plus personne n'y habitait. Et le silence, autour de nous.

Nous nous engagions dans une petite rue. Elle ouvrait une porte cochère et nous laissait entrer devant elle. Dans l'obscurité, elle tâtait le mur à la recherche du bouton de la minuterie. Pas besoin de prendre l'ascenseur. L'appartement était au premier étage. Un vestibule. Une pièce assez vaste dont les fenêtres donnaient sur la rue. Il y régnait un certain désordre. Un masque africain par terre, entre les deux fenêtres. Des statuettes de Çiva et de Ganesh sur le manteau de la cheminée et sur une table basse, devant un grand canapé recouvert de châles de cachemire. Des tableaux rangés les uns contre les autres comme pour un déménagement avaient laissé des traces sur les murs.

Nous étions assis, la danseuse et moi, sur le grand canapé. Elle vint nous rejoindre avec un plateau qu'elle déposa sur la table basse, au milieu des statuettes. Elle remplit les trois verres d'un alcool dont je ne pouvais pas lire le nom sur la bouteille. J'en bus une gorgée. Un alcool très fort. Pola Hubersen en prit une grande rasade. La danseuse, elle, pas la moindre goutte. Et me revint brusquement à la mémoire une phrase dont elle m'avait dit que Kniaseff la répétait à ses élèves: « Les danseurs n'ont pas besoin d'alcool, puisque la danse est le plus fort des alcools. »

Je ne sais pas combien de temps nous sommes restés là. Elle avait mis un disque de musique hindoue dont les sonorités et les silences me pénétraient d'une douceur lancinante. Et les visages de la danseuse et de Pola Hubersen indiquaient à cet instant-là qu'elles éprouvaient la même sensation.

« Il fait froid ici, vous ne trouvez pas ? nous demanda Pola Hubersen.

— Oui, un peu froid, dit la danseuse.

— Ils ont coupé le chauffage depuis hier. Nous serons mieux dans ma chambre. »

Elle nous précédait le long d'un couloir. La danseuse m'avait pris la main, comme pour m'entraîner sur un chemin qu'elle connaissait déjà.

La chambre était de la même dimension que le salon qui donnait sur la rue, mais il n'y avait qu'une seule fenêtre derrière des rideaux rouges. Une petite lampe était posée au bord de la table de nuit encombrée de livres. Elle s'allongea du côté de la table de nuit et nous invita à suivre son exemple. La danseuse se trouvait entre Pola Hubersen et moi. Le lit était étroit. Pola Hubersen éteignait la lampe et se rapprochait de nous. Il ne restait plus qu'un rai de lumière qui venait du couloir, par la porte entrouverte.

Le lendemain du jour où ce revenant l'attendait devant le studio Wacker et où elle s'était débarrassée de lui d'un coup de coude, elle téléphona à Verzini. Pouvait-elle le voir le plus vite possible ? Il lui dit de venir le rejoindre dans le bar de la rue Godot-de-Mauroy.

Il était là, tout seul, assis à une table. Il n'avait pas ôté son manteau et il portait des après-skis. Il avait neigé pendant la nuit. Quand elle entra, il se leva pour allumer les appliques du bar.

Elle se tenait debout, l'air embarrassé.

« Assieds-toi. Tu veux un café ? »

Il mit en marche le percolateur et posa les deux tasses sur la table. Il la regardait en souriant.

« À quoi dois-je cette visite matinale ? »

Mais elle restait silencieuse. Il lui prit la main.

« Quelque chose ne va pas ? »

Enfin, elle se décida. D'une voix précipitée : « Il y a quelqu'un qui m'importune. Quelqu'un que j'ai connu il y a longtemps à Saint-Leu-la-Forêt… André Barise… C'était deux frères… les frères Barise… »

Il fronçait les sourcils. Elle guettait sa réponse.

« Barise… Mais oui… La famille habitait rue de l'Ermitage… près de la maison… Les parents avaient une petite entreprise de soierie à Paris. Je peux même te dire l'adresse : rue Olivier-Métra… Tu vois, j'ai bonne mémoire… »

Eh bien, cet André Barise connaissait son adresse et celle du studio Wacker. Il y a huit ans, les deux frères ne cessaient de l'importuner dans les trains qui l'amenaient à Paris pour ses cours de danse, et le soir sur le trajet de la gare du Nord à Saint-Leu. Et après toutes ces années, hier, dans la rue, André Barise lui barrait le passage et elle lui avait donné un grand coup de coude dans le ventre pour se débarrasser de lui.

Verzini paraissait perdu dans ses pensées.

« On va le neutraliser définitivement, ce garçon… »

Les bras croisés sur la table, il se pencha vers elle et lui dit à voix basse, comme si quelqu'un pouvait l'entendre : « Ne t'inquiète pas. Il faut d'abord que tu changes de domicile. »

C'était justement ce qu'elle voulait lui demander.

« J'ai un appartement vide à la Porte de Champerret. Tu peux t'y installer, si tu veux. »

Elle se sentait délivrée d'un poids.

« Dis-moi simplement les horaires de tes cours de danse au studio Wacker. Je demanderai à quelqu'un de surveiller les parages. Tu es rassurée ? »

Il lui parlait comme si elle était une enfant.

« Alors, tu lui as donné un coup de coude ? La prochaine fois, je m'en occupe et ça risque d'être un peu plus douloureux pour lui. S'il s'en sort vivant. »

Et il eut un brusque éclat de rire. Il la suivait du regard pendant qu'elle remontait la rue en direction des Grands Boulevards. Elle marchait sur les plaques de neige et de verglas, d'un pas léger – comme une danseuse, pensa-t-il –, une autre aurait glissé et serait tombée lourdement. Quelle drôle de fille… Elle n'avait pas changé depuis son enfance, quand il l'avait connue avec son père, et beaucoup plus tard avec le père du petit Pierre.

Un jour, ils étaient, son père et elle, dans sa maison à Saint-Leu-la-Forêt. En les observant l'un et l'autre, il avait eu le pressentiment que les défauts du père, par un coup de baguette magique, allaient se transformer chez cette petite fille en qualités. Il semblait que l'avenir lui avait donné raison.

Elle devait attendre six heures du soir pour que Verzini lui fasse visiter l'appartement de la Porte de Champerret et lui donne les clés. Elle avait manqué le cours de danse, et chaque fois qu'elle ne pouvait pas se consacrer à cette discipline sous les ordres de Kniaseff, cela lui causait une curieuse sensation de vacuité. Selon Kniaseff, il fallait d'abord que le corps s'épuise pour atteindre à la légèreté et à la fluidité des mouvements des jambes et des bras. Et le mot « s'épuise » qu'il prononçait à la russe ne lui avait pas été tout de suite compréhensible. Un jour qu'il se trouvait seul avec elle, il lui en avait expliqué le sens : oui, il s'agissait à force d'exercices de « dénouer les nœuds », et c'était douloureux, mais, une fois qu'ils étaient « dénoués », alors on éprouvait un soulagement, celui d'être libéré des lois de la pesanteur, comme dans les rêves où votre corps flotte dans l'air ou dans le vide.

Elle marchait au hasard. Elle en avait l'habitude et souvent pour de longs trajets, et même après les cours de danse. Décidément, Kniaseff avait raison : il fallait que le corps s'épuise.

Mais la marche ne lui suffisait pas, ce matin-là. Alors elle essayait de penser à autre chose, à Verzini qui venait de lui rendre service de nouveau, comme il le faisait depuis quelques années. Peut-être en souvenir du père du petit Pierre ? Mais ils ne parlaient jamais de lui, et Verzini ne savait pas ce qu'il était devenu. Elle lui avait posé une fois la question. « C'était une tête brûlée », avait dit simplement Verzini. Elle se souvenait de la maison de Verzini, à Saint-Leu-la-Forêt, rue de l'Ermitage, où elle avait habité avec le père du petit Pierre. Une femme était souvent là, que l'on appelait « Mme Juan », une femme de l'âge de Verzini. Elle avait toujours été gentille et l'encourageait quand elle avait commencé à prendre des cours de danse.

Un jour, elle avait surpris une conversation entre Verzini et le père du petit Pierre. Ils parlaient de Mme Juan. Celle-ci, disait Verzini, avait eu une vie assez mouvementée, puisque son premier mari et plus tard son beau-frère avaient été assassinés. Des règlements de compte. Et Verzini, pour rendre service à Mme Juan, lui avait acheté la maison de Saint-Leu-la-Forêt, rue de l'Ermitage, qui avait appartenu à son premier mari. Tels étaient les détails qu'elle gardait plus ou moins en mémoire.

Elle avait vécu quelques mois avec le père du petit Pierre. Il s'absentait souvent et puis il avait disparu. Il avait peu compté pour elle.

À partir du moment où elle avait commencé les cours de danse, les premières années de sa vie s'étaient effacées comme un mauvais brouillon. Elle avait eu l'impression de naître une seconde fois. Ou plutôt, c'était à ce moment-là qu'avait eu lieu sa vraie naissance.

Il était dix heures du matin et il neigeait de nouveau. Une neige légère, presque des gouttes de pluie. Elle avait froid et elle sentait des points douloureux dans tout son corps. Il fallait « dénouer les nœuds », comme disait Kniaseff. Alors, elle décida de se rendre chez Pola Hubersen. Elle était la seule à pouvoir la soulager. Elle s'allongeait sur le lit, Pola Hubersen la caressait, et ses doigts s'arrêtaient aux bons endroits, avec une précision d'acupuncteur. Ses lèvres effleuraient les siennes, et leur contact, sur son corps, était encore plus doux que ses doigts. Peu à peu, les nœuds se dénouaient sans qu'elle éprouve la souffrance qui était la sienne au début des cours de danse. Il lui arrivait de manquer un cours et de se retrouver sur ce lit avec elle. Alors, elle se laissait aller au fil de l'eau en fermant les yeux.

Elle prit le métro et changea de ligne à deux reprises. Les rames mettaient longtemps à venir et elle avait du mal à calmer son impatience. Elle savait qu'à cette heure-là Pola Hubersen serait chez elle. Et d'ailleurs elle lui avait confié une clé de son appartement au cas où elle viendrait à l'improviste.

Elle descendit à la station George-V et suivit l'avenue, de plus en plus nerveuse. Elle entra dans l'immeuble du début de la rue Quentin-Bauchart. Pola Hubersen se levait très tard et peut-être n'était-elle pas encore réveillée. Elle traversa le vestibule, et quand elle fut entrée dans le salon elle remarqua un manteau d'homme sur le grand canapé. Pola Hubersen était sûrement en compagnie de quelqu'un dans sa chambre et elle ne voulait pas la surprendre. Cet appartement donnait l'impression d'être exigu : le vestibule, le salon sur la rue et le long couloir qui menait à la chambre. Mais une petite porte qui se confondait avec le mur, de l'autre côté, donnait accès à une enfilade de pièces le long d'un autre couloir, des pièces dont la plupart étaient vides, ou simplement meublées de divans très bas. Elle prit ce chemin-là, ouvrit la dernière porte à droite et se retrouva dans la grande salle de bains contiguë à la chambre de Pola Hubersen. La lumière était allumée, la porte grande ouverte sur la chambre.

Elle se déshabilla et enfila un peignoir, l'un de ceux qu'elle portait toujours après un spectacle et qu'elle avait oublié là. Elle entra dans la chambre. Un homme était allongé sur le lit, qu'elle reconnut aussitôt et avec qui elle avait répété un duo au studio Wacker, un certain Georges Starass. En dansant avec lui, elle avait eu une sensation qu'elle n'avait jamais ressentie avec aucun de ses partenaires, comme si ce contact était plus intime qu'un simple exercice, au point qu'elle avait voulu le prolonger.

Maintenant, ils étaient seuls tous les deux dans la chambre, et au bout de quelques instants elle avait de nouveau cette sensation, comme l'autre jour au studio Wacker, de danser avec lui à la même cadence, en parfaite harmonie… Et bientôt des éclats de plus en plus forts se succédaient à des intervalles de plus en plus courts. Chaque fois, elle éprouvait un vertige qui s'amplifiait à l'infini.

À midi, ce jour-là, nous devions aller chercher Pierre au cours Dieterlen. J'avais demandé à Hovine de m'accompagner en voiture car il neigeait. Je voulais lui éviter la cantine, où il devait rester chaque jour. Était-ce mon expérience des pensionnats de montagne quand il neigeait à partir de novembre et que nous nous abritions sous le préau pendant la récréation après être sortis du réfectoire, le ventre vide ? J'essayais de persuader la danseuse d'épargner la cantine à Pierre, surtout en hiver, mais elle me regardait d'une drôle de façon. Apparemment, elle ne comprenait pas mes scrupules. Et pourtant, je devinais qu'elle avait eu une enfance et une adolescence plus dures que les miennes. Sans doute jugeait-elle que le fait d'aller à la cantine n'était pas grave pour un enfant.

Sur le chemin, je posais des questions à Hovine concernant la danseuse et Pierre. Mais ses réponses étaient évasives, comme s'il craignait de trahir un secret et que la danseuse ne s'en aperçoive. Ne lui disait-elle pas de temps en temps qu'il était « trop bavard » ? Bavard ? Ce n'était pas l'impression qu'il me donnait. Quand j'étais en sa compagnie, il y avait souvent entre nous de grands moments de silence.

« Vous trouvez qu'il faut le mettre à la cantine ?

— Oh, ce n'est pas très grave. »

Il me souriait. Lui aussi, je supposais qu'il avait eu une enfance et une adolescence difficiles.

« Le principal, c'est que nous nous occupions de lui, me dit-il. La danseuse n'a pas toujours le temps, avec les répétitions et les ballets. »

Puis, sur un ton dont je me demandais s'il était ironique ou admiratif :

« Vous savez, la danseuse est une grande artiste. »

★

Nous étions en avance et nous l'attendions devant le cours Dieterlen. Il fut le seul à sortir, comme s'il avait un traitement de faveur. Ses camarades étaient au réfectoire. Je pensai brusquement que nous lui donnions le mauvais exemple. Tant pis. Il savait que nous allions au restaurant et ce serait une occasion pour lui de choisir le dessert qu'il préférait.

★

Après le déjeuner, nous avons emmené Pierre dans un cinéma pour enfants de l'avenue de l'Opéra où l'on projetait des films de Walt Disney. Puis nous sommes revenus dans l'appartement de la Porte de Champerret. La danseuse était en compagnie d'un certain

Georges Starass, un danseur que j'avais vu deux ou trois fois avec elle et Pola Hubersen. Kniaseff l'estimait beaucoup pour ses dons, mais il menait sa carrière d'une manière désinvolte. On sentait que la danse n'était pas son seul intérêt dans la vie. Souvent, il manquait les répétitions et l'on se demandait même s'il se présenterait sur scène pour la première d'un ballet. J'avais compris qu'il devait interpréter un duo avec la danseuse au théâtre des Champs-Élysées. Et ce n'était pas la première fois qu'ils dansaient ensemble. Kniaseff les avait réunis quelquefois pendant les cours au studio Wacker.

Pierre s'était réfugié dans la chambre du fond pour jouer tout seul. J'aimerais bien savoir ce qu'il est devenu. J'ai fait quelques recherches au cours des années suivantes, mais j'ignorais son nom de famille, lui qui n'avait pas de famille. En rêve, je regarde souvent une étoile quand le ciel est limpide, et j'ai la certitude que sa lumière discontinue et lointaine s'adresse à moi, une lumière dans laquelle baignent la danseuse, Pierre, Hovine, les habitués du studio Wacker, l'appartement de la Porte de Champerret, mes débuts dans la vie.

« Vous vous intéressez au monde de la danse ? m'a demandé Georges Starass.

— C'est une question de hasard, ai-je précisé. Le hasard des rencontres. »

Georges Starass et la danseuse parlaient de leurs prochaines répétitions au théâtre des Champs-Élysées. S'agissait-il du *Jeune Homme et la mort* que Babilée avait interprété jadis ? Ou tout simplement du *Lac des cygnes* ?

Ou d'une reprise du *Train des Roses.* Je ne sais plus. Ça me reviendra plus tard. Et d'ailleurs, cela n'a plus la moindre importance. Je ne les écoutais pas. J'avais rencontré un étrange éditeur, un nommé Maurice Girodias, la semaine précédente dans un café proche de l'église Saint-Séverin. La conversation s'était engagée entre nous parce qu'il se trouvait à la table voisine de la mienne. Il avait créé à Paris une collection de romans en langue anglaise interdits par la censure dans les pays anglo-saxons, et il venait d'ouvrir un restaurant et une salle de spectacle dans un local, tout près d'ici, rue Saint-Séverin. Si je le voulais, il pouvait me les faire visiter. Au début, j'avais été étonné de la gentillesse qu'il me témoignait. Mais je l'avais écouté avec une grande attention qu'il ne s'attendait sans doute pas à trouver chez un garçon de mon âge.

Après la visite des deux étages de son restaurant puis du sous-sol, une cave voûtée qu'il désirait transformer en boîte de nuit, il me demanda si je connaissais l'anglais. Je lui répondis par l'affirmative, et il me proposa de travailler sur un livre auquel il fallait ajouter des épisodes et qui se présentait sous la forme d'une dactylographie d'environ quatre-vingts pages. Je lui dis que j'étais d'accord. Il y a tant de façons d'entrer en littérature… Et lorsque, cet après-midi-là dans l'appartement de la Porte de Champerret, Starass voulut savoir « ce que je faisais dans la vie » et que je remarquai l'embarras de la danseuse pensant que je ne pourrais rien lui répondre, je lui déclarai d'une voix ferme : « J'écris des livres », ce qui provoqua l'étonnement de la danseuse, et même une moue de sa part comme si j'avais proféré un mensonge. Mais je quittais bientôt la pièce pour rejoindre Pierre dans la chambre du fond. Il était en train de faire un puzzle, l'un de ces grands puzzles que je lui avais trouvés dans un magasin de jouets du faubourg Saint-Honoré. Je l'aidais à ajouter une pièce de puzzle aux autres. La fenêtre donnait sur la cour et sur les après-midi grises et glacées de l'hiver, ces hivers rigoureux comme il en existait en ce temps-là.

Au théâtre des Champs-Élysées, les répétitions du *Train des Roses* se poursuivaient avec Georges Starass. Elle n'avait jamais été attachée à un partenaire d'un lien aussi fort et aussi étrange, et jamais éprouvé à ce point cette tension du corps, comme chauffé à blanc par la danse. Elle savait que ce lien ne durerait pas. Quand les répétitions et le spectacle seraient finis, la vie les entraînerait l'un et l'autre sur des chemins différents.

Un soir qu'elle descendait du métro à la station George-V pour rejoindre Starass dans l'appartement de Pola Hubersen, elle pensa à Madeleine Péraud, une doctoresse qui l'avait soignée à quinze ans quand elle était entrée au studio Wacker, à la patience de cette femme pour lui expliquer des choses compliquées qu'elle finissait par comprendre, aux livres de mysticisme qu'elle lui faisait découvrir en lui proposant de recopier sur un cahier d'écolier les passages qui l'avaient frappée. Un mot parmi tant d'autres qu'utilisait souvent la doctoresse lui revint en mémoire :

incandescence. Elle lui avait même offert un petit livre dont un chapitre était intitulé « L'incandescence ».

Incandescence, béatitude, ravissement, extase, ces termes revenaient souvent dans les livres que lui avait donnés la doctoresse, et elle se souvenait de l'impression que ceux-ci lui avaient faite quand elle les avait lus pour la première fois. Elle avait fini par penser que l'on aurait pu utiliser les mêmes mots pour parler de la danse.

De la station de métro, elle suivait l'avenue pour rejoindre l'appartement de Pola Hubersen. Celle-ci était absente une quinzaine de jours et, chaque fois qu'elle retrouvait Starass pour quelques heures, elle était seule dans l'appartement avec lui. Il faisait nuit, une nuit tiède bien que ce fût le mois de décembre. Bientôt il y aurait une dernière répétition du *Train des Roses* avec Starass sur la scène du théâtre des Champs-Élysées. Et puis, le soir suivant, la première représentation du ballet, le salut et les applaudissements pendant lesquels le corps est tendu par l'effort, puis se relâche. Et, sans doute, elle ne le reverrait jamais plus.

Ce soir-là, à mesure qu'elle se rapprochait de l'appartement, elle sentait monter en elle une sensation aiguë qui s'amplifierait encore quand elle serait dans la chambre avec lui. Ils avaient répété le matin, et maintenant il l'attendait dans la chambre. Elle essayait de marcher d'un pas tranquille et cela lui faisait battre le cœur. Ce n'était pas différent de la sensation qui vous prend au moment d'entrer en scène pour rejoindre votre partenaire. Mais en plus violent.

Elle poussa lentement la porte de l'immeuble, et quand elle fut au pied de l'escalier elle s'arrêta un instant. Elle s'efforça, pour gravir les marches, de retrouver le pas de la somnambule qui était le sien dans le ballet de Balanchine. Sur le palier, elle sortit le trousseau de clés de la poche de son manteau. Elle ne pouvait plus maîtriser sa nervosité et les clés tombèrent. La minuterie s'éteignit et elle cherchait les clés à tâtons dans le noir. Elle eut de la peine à introduire la bonne clé dans la serrure, à cause de sa main qui tremblait.

Quand elle entra dans le salon, elle vit son manteau à lui, tout au fond, posé sur le dossier du canapé, à la même place où elle l'avait vu la première fois. Elle marcha jusqu'au canapé, d'un pas le plus léger possible, pour éviter le moindre bruit. Elle s'assit, le buste droit et immobile, les genoux serrés, et resta là dans la pénombre en pensant qu'il l'attendait dans la chambre. Elle hésitait sur le couloir à suivre pour aller le rejoindre, et cette hésitation, ce temps qu'elle laissait volontairement en suspens, la faisait peu à peu monter jusqu'au point d'incandescence. Le couloir habituel du côté du vestibule, ou celui qui était plus long, jusqu'à la salle de bains ? Elle s'entendit chuchoter pour elle-même : « Le couloir le plus long… »

Elle se leva et commença à suivre le couloir, en gardant le pas de la somnambule, mais par contraste le cœur lui battait si fort qu'elle avait brusquement le souffle court.

Girodias me confia la dactylographie qui avait pour titre *The Glass Is Falling*. Ce roman, ou plutôt cette longue nouvelle, était écrit par un certain Francis La Mure. Il s'agissait de la description minutieuse d'un groupe d'Anglaises et d'Anglais qui séjournaient depuis longtemps dans une station de sports d'hiver en Engadine, et de leurs rapports entre eux, des rapports légers, et même empreints d'une certaine liberté sexuelle.

Je lui demandais s'il fallait vraiment que je rajoute certains chapitres et si l'auteur serait d'accord. Il eut un sourire et me dit que l'auteur était d'accord. Je me mis aussitôt à la tâche sans poser d'autres questions.

Je travaillais dans la petite chambre que j'avais louée à Verzini, rue Chauveau-Lagarde. En définitive, je n'ai écrit que deux brefs chapitres, à la fin du livre, et intégré des paragraphes plus ou moins longs aux chapitres précédents. Si j'ajoute les petites coupures à chaque page ainsi que les changements de mots ou les suppressions d'adjectifs, je crois qu'il s'est plutôt agi d'un travail de correcteur. Avant que le roman paraisse dans la collection à couverture verte de Girodias, celui-ci a voulu me remettre un jeu d'épreuves et que nous « fêtions » cela en tête à tête dans son restaurant rue Saint-Séverin. Il m'avait demandé de venir le rejoindre vers onze heures du soir. La salle était déserte. Que fêtions-nous, au juste, cet éditeur et moi ? Un roman, *The Glass Is Falling*, de Francis La Mure sur lequel j'avais travaillé, mais je me disais que personne n'en saurait jamais rien.

Cette nuit-là, j'ai marché le long des quais. J'avais enfoncé dans la poche de mon manteau le jeu d'épreuves de *The Glass Is Falling* que Girodias m'avait remis, et j'ignorais encore si j'allais le montrer à la danseuse. Elle avait un certain bon sens et me dirait de sa voix ironique : « Oui, mais ce livre n'est pas de toi. Il est de Francis La Mure. En plus, il est en anglais. »

Décidément, je ne pouvais pas rivaliser avec son art à elle, et cette « grande artiste », comme disait Hovine, si elle avait visiblement une certaine affection pour moi, je me demandais toujours si elle me prenait au sérieux.

Malgré ces incertitudes, le fait de marcher le long des quais me rassurait. Je les connaissais depuis si longtemps... J'étais familier de chaque porche d'immeuble, de la moindre fenêtre et des vitrines d'antiquaires qui se succédaient, jusqu'à la rue du Bac.

En passant devant l'hôtel du quai Voltaire, j'ai regretté de ne pas y habiter, tant cet endroit m'avait toujours paru comme un point magnétique de Paris, à la lisière des deux rives. Il suffisait de traverser le pont pour se trouver sur la rive droite, et quand vous regardiez la nuit par la fenêtre de votre chambre, vers le Louvre et le jardin des Tuileries, vous aviez le sentiment que l'avenir, devant vous, était plein de promesses. À gauche de l'entrée de l'hôtel, derrière la vitre du rez-de-chaussée, je voyais le bar encore éclairé et deux personnes à la table du fond. Un instant, j'ai eu envie d'aller les rejoindre. Peut-être m'attendaient-ils. Ou bien c'était moi qui leur avais fixé rendez-vous. Après tout, j'étais encore dans cette période de la vie que l'on appelle « le temps des rencontres ».

J'étais arrivé à la hauteur de la gare d'Orsay, désaffectée depuis longtemps. Une vague lumière à l'intérieur, et si l'on se penchait sur les grilles fermées on discernait dans la pénombre l'ancien hall d'entrée et une rangée de guichets en bois qui devaient dater de l'entre-deux-guerres, et même du début du siècle. Ils étaient beaucoup plus petits que les guichets actuels, comme si les gens de cette époque-là n'avaient pas la même taille qu'aujourd'hui. Et pourtant, le hall sans voyageurs m'évoqua celui de la gare d'Austerlitz le soir où nous attendions, la danseuse, Hovine et moi, le train de Pierre. Oui, à une époque très lointaine, il y avait encore foule dans le hall de la gare d'Orsay et trois personnes – une femme et deux hommes – étaient venues chercher un enfant et, comme nous, elles se tenaient debout à l'entrée du quai et essayaient de le repérer dans le flot des voyageurs. Puis elles avaient remonté le quai et l'avaient vu descendre avec sa valise d'un des derniers wagons. Et je finissais par me persuader que c'était nous, car les mêmes situations, les mêmes pas, les mêmes gestes se répètent à travers le temps. Et ils ne sont pas perdus, mais inscrits pour l'éternité sur les trottoirs, les murs et les halls de gare de cette ville. L'éternel retour du même.

Je traversais le pont de la Concorde et la perspective de retourner dans ma chambre me causait une certaine appréhension. À l'entrée de l'immeuble, il faudrait appuyer sur le bouton de la minuterie et retrouver une lumière voilée, comme affaiblie, dans l'escalier et surtout dans l'interminable couloir, avec les plaques en émail sur chaque porte. Et je craignais que la lumière ne soit la même dans l'appartement de la Porte de Champerret où la danseuse serait certainement absente, et où je risquais de réveiller Pierre et Hovine. On aurait dit que, même de jour, cette lumière imprégnait ma vie. Une lumière jamais franche.

Pourtant, à la lisière de la place de la Concorde, il m'a semblé que les réverbères brillaient d'un éclat plus intense que d'habitude et que je débouchais sur une grande clairière ou sur une esplanade de bord de mer. Une brise soufflait, qui venait du jardin des Tuileries, ou du début de la grande avenue forestière, à gauche, du côté des Champs-Élysées. La place était comme une oasis dans la pénombre. Je respirais à pleins poumons et j'avais retrouvé ma légèreté et mon insouciance naturelle. Je n'avais plus peur d'affronter la lumière voilée de l'escalier et du couloir de l'immeuble. À mesure que je marchais, mes pieds ne touchaient plus le sol, comme ceux de la danseuse dans le ballet *Le Train des Roses*. Et à cette pensée j'étais pris d'un fou rire.

Quelquefois nous parlions, Pierre et moi, le jeudi quand nous revenions du cinéma. J'essayais de comprendre quelle avait été sa vie avant son arrivée un soir à la gare d'Austerlitz. Mais les souvenirs d'un enfant sont aussi fragmentaires que ceux qui me restent de ma jeunesse. Quand je réfléchis à ces quelques bribes : la danseuse, le studio Wacker, Pola Hubersen et son appartement, Hovine et son manteau de tissu à chevrons, cela ressemble aux souvenirs que gardait Pierre, d'un instant, d'un lieu, de quelques paroles qu'il avait entendues. Et jamais dans l'avenir il ne pourrait reconstituer le tout, comme il le faisait quand il achevait ses puzzles.

Ainsi, il m'avait dit que le train qui l'avait mené un soir à Paris venait de Biarritz. La danseuse n'avait jamais voulu me préciser ce détail, sauf par une phrase évasive : « Il était quelque part sur la Côte basque. » Les questions concernant Pierre la gênaient et elle se reprochait sans doute de l'avoir abandonné. Et lui, s'était-il rendu compte de leur séparation ? Apparemment non, car il avait oublié la période de son enfance qui avait précédé Biarritz et où sa mère aurait pu être présente. Seules deux images de cette période-là lui étaient restées en mémoire : une horloge sur une pelouse en pente dont le cadran était composé de fleurs en bordure d'une avenue où se tenait une fête foraine. Il était monté dans une auto tamponneuse de couleur rouge avec quelqu'un qui demeurerait à jamais pour lui un inconnu. Il y avait un chien quelque part, mais il ne pouvait pas dire où.

De Biarritz, il se souvenait de « Sainte-Marie », sa première école, où l'on vous donnait la « croix » chaque semaine quand on avait été un bon élève, et de là où il habitait, près de l'école et du « château Gramont ». Et des vagues très hautes qui lui faisaient peur par mauvais temps, et de ces mots : « *Toro de fuego* » qu'il avait entendus souvent et qu'il ne comprenait pas. Et aussi du visage de la dame qui s'occupait de lui, mais il ne s'était jamais demandé qui elle était exactement. À croire que les enfants ne se posent pas de questions et ne s'étonnent de rien.

Je l'emmenais au bois de Boulogne les jours de beau temps. L'autobus, les lacs, les barques, le Chalet des Îles avec le golf miniature…

La plupart du temps, au cours de nos marches à travers Paris ou pendant les trajets en autobus, nous ne parlions pas. Le silence entre nous était un lien beaucoup plus fort que les paroles. Nous étions comme ceux qui marchent côte à côte sans rien se dire mais toujours sur le chemin des écoliers.

L'autre jour, en cette année 2022, je suivais la rue Notre-Dame-des-Champs. Une voiture était garée le long du trottoir presque à la hauteur du croisement avec la rue Vavin, et un homme était au volant, la vitre baissée.

« Hé… l'élégant… »

Il se penchait à la vitre, en me fixant du regard. Un homme de mon âge. Il avait la peau légèrement grêlée. Et les cheveux encore couleur châtain. Mais peut-être se teignait-il.

Je poursuivis ma marche. Dans mon dos, j'entendis de nouveau, d'une voix plus forte :

« Alors, l'élégant… On ne me reconnaît plus ? »

Je ne sais quel scrupule me prit brusquement. Je fis demi-tour et arrivai à sa hauteur. Je lui dis d'une voix étonnée :

« C'est moi, l'élégant ? »

Nous vivions des temps difficiles depuis trois ans, comme je n'en avais jamais connu de ma vie. Et le monde avait changé si vite autour de moi que je m'y sentais un étranger. Je portais un vieil anorak noir, un pantalon fripé de couleur beige et des chaussures à semelles de crêpe. Non, ce n'était pas une période à faire l'élégant. Mais plutôt profil bas.

Il me considérait avec un sourire narquois.

« Ah l'élégant… toujours le même… Tu as revu les collègues de la boîte ?

— La boîte ? »

Il me prenait pour un autre, mais à mon âge on finit par n'être sûr de rien. Peut-être avais-je travaillé brièvement dans une « boîte », comme il disait, que j'avais oubliée. Et l'on prenait quelquefois un verre entre collègues le soir, à la sortie des bureaux.

« Moi, j'ai quitté la boîte depuis dix ans. »

Je l'observais avec le plus d'attention possible. Vraiment il ne m'évoquait rien. Mais je savais combien les traits d'un visage peuvent changer en cinquante ans. Le nez. Les lèvres. Les yeux.

« Alors, tu n'as plus revu les collègues de la boîte ? »

Il ne parlait pas seulement d'un ton narquois, mais avec une certaine agressivité. Et je n'avais pas le moindre souvenir de ce visage à la peau grêlée.

Je demeurais pensif à côté de lui. Un homme qui me ressemblait, ou peut-être moi-même après tout, avait été son collègue, mais apparemment il était incapable de me dire son nom et le nom de notre « boîte ». Il se contentait de répéter en me fixant d'un regard d'épervier et en hochant la tête :

« Ah… l'élégant… l'élégant… »

À quoi bon insister ? J'ai profité d'un moment d'inattention de sa part quand il s'est mis à chercher quelque chose dans la poche de son veston et j'ai marché d'un pas rapide en direction de la rue Vavin. Au bout d'un instant, je l'ai entendu qui hurlait d'une voix menaçante : « Alors l'élégant… on laisse tomber ses amis, l'élégant… ? » Il était sorti de sa voiture et j'ai craint un moment qu'il ne se lance à ma poursuite. Mais cet épisode était de peu d'importance dans le monde si dur et si incompréhensible où nous vivions depuis quelque temps.

Élégant. C'était un mot qui revenait souvent dans la bouche de la danseuse, qu'il s'agît de son métier ou de la vie courante. Une danseuse « élégante », un danseur « élégant », répétait-elle, de certains de ses collègues, et cela voulait dire que leurs gestes étaient particulièrement gracieux et aériens. Elle le répétait de son partenaire Georges Starass, mais elle semblait le juger ainsi pour la désinvolture avec laquelle il menait sa vie. Et il lui suffisait de croiser quelqu'un dans la rue ou de se trouver en présence d'un nouveau venu pour dire : « Quelle élégance… » Elle le disait de Pierre les rares fois où elle le voyait jouer dans sa chambre ou partir à l'école.

Un jour que je me moquais gentiment d'elle en lui posant la question : « Et toi, tu es élégante ? », elle m'avait lancé un regard triste : « Ah non. Pas du tout. »

Un après-midi, je l'avais accompagnée chez Repetto pour qu'elle s'achète des chaussons de danse et des collants, et nous avions échoué dans un bar étroit et profond, boulevard des Capucines, Le Trou dans le mur, où elle retrouvait parfois ses amis danseurs de l'Opéra.

On avait l'impression que cet endroit n'avait pas changé depuis les années trente, comme une chambre murée depuis longtemps que l'on découvre en abattant une cloison dans un appartement, avec ses meubles d'autrefois, son lit défait où subsiste encore la trace d'une tête sur l'oreiller, et un journal du soir traînant sur la table de nuit dont le gros titre annonce l'assassinat du président Paul Doumer. Voilà pourquoi, sans doute, cet endroit s'appelait Le Trou dans le mur. De l'extérieur, sur le mur sombre, il était très difficile de repérer l'entrée.

« Et toi ? m'a-t-elle demandé. Tu as trouvé du travail ? »

Pour la première fois, elle me posait une question précise sur « mon travail ». Elle pensait que je n'en avais aucun, puisque je ne lui en parlais pas. J'étais toujours d'une grande discrétion sur tout ce qui me concernait. Ma vie s'était déroulée jusque-là dans une certaine solitude qui ne m'avait pas prédisposé aux confidences.

« Oui, j'ai trouvé du travail. Pour un éditeur. Il m'a donné un livre anglais à corriger. »

Elle avait froncé les sourcils.

« Un livre anglais ?

— Il édite une collection de livres en anglais. Sa maison d'édition s'appelle Olympia Press. »

J'avais pris une voix grave pour prononcer « Olympia Press ». Je voulais la convaincre du sérieux de l'entreprise.

« Je supprime des phrases et des adjectifs. Je rajoute des paragraphes. Je dois aussi écrire deux chapitres supplémentaires. C'est une sorte d'exercice, un peu comme toi quand tu fais des exercices à la barre. »

Cette comparaison ne semblait pas la convaincre. Et j'avais un peu honte de comparer ce travail de correcteur aux exercices que je l'avais souvent vue faire au studio Wacker. Et pourtant, j'étais persuadé, dès cette époque-là, que la littérature était elle aussi un exercice difficile comme la danse, mais sous une autre forme.

« Alors, tu écris tes corrections en anglais, si je comprends bien ?

— Non. En français. C'est plus naturel pour moi. Ensuite, ils les traduiront en anglais, chez Olympia Press.

— Tu me le montreras, ce livre ? »

Je n'étais pas sûr qu'il paraisse. Et elle-même semblait sceptique concernant l'issue de ce projet. Inutile de lui décrire l'étrange éditeur qu'était Maurice Girodias. Et surtout le genre de livres qui composaient le catalogue de sa collection à la couverture vert foncé.

D'ailleurs, nous parlions très peu de littérature. Dans sa chambre, une centaine de livres étaient rangés sur deux étagères très basses près de son lit. Ils se partageaient entre des romans policiers de la Série Noire et des ouvrages consacrés aux expériences de femmes mystiques : sainte Thérèse d'Avila, Claudine Moine, Marie des Vallées, Louise du Néant, Hadewijch d'Anvers… Ils portaient sur leur page de garde un nom écrit au crayon : Madeleine Péraud.

Ce jour-là, du Trou dans le mur, elle a voulu m'accompagner jusqu'à ma chambre, rue Chauveau-Lagarde. La lumière de l'escalier et du long couloir m'a paru moins voilée que d'habitude, grâce à sa présence. C'était la première fois qu'elle venait là et elle considérait le vieux papier peint, la fenêtre qui donnait sur la cour, le lavabo, la table, avec une certaine surprise.

« Verzini aurait pu te trouver quelque chose de mieux. »

Mais, en ce qui la concernait, elle n'était pas très exigeante. Elle se souvenait, m'a-t-elle dit, d'avoir demandé vers quatorze ans à Kniaseff s'il n'y avait pas une petite chambre au studio Wacker où elle pût dormir, et même un sac de couchage sur le parquet de la salle où l'on prenait les cours de danse lui aurait suffi. Kniaseff avait paru étonné. « Et vos parents ? Qu'en pensent-ils ? » À cette question, elle était restée silencieuse. Ses parents ? Comment les lui décrire ? Il valait mieux ne pas entrer dans les détails.

Je lui ai désigné la table où je poursuivais, lui ai-je dit, « mes travaux littéraires ».

Elle s'était assise sur le rebord du lit, une sorte de lit de camp.

« Tu devrais venir habiter Porte de Champerret. »

Parfois, je passais la nuit dans sa chambre. Mais elle revenait souvent très tard. Elle sortait avec des « collègues », comme elle disait, ou assistait à leurs spectacles. Ou elle allait dîner chez Pola Hubersen. Quand Hovine quittait l'appartement et que Pierre s'était endormi, j'éprouvais une sorte d'angoisse comme si elle n'allait jamais revenir. Alors, pour retrouver la sérénité, je lisais les livres rangés sur les deux étagères. Non pas les romans de la Série Noire que je connaissais tous, ainsi qu'un roman de science-fiction que j'avais été surpris de trouver dans sa bibliothèque, *Cristal qui songe*, mais les ouvrages qui concernaient les femmes mystiques.

Certains passages y étaient soulignés au crayon. Par la doctoresse Péraud ? Ou par la danseuse elle-même ? J'avais découvert un cahier d'écolier qui portait sur la couverture le nom de la danseuse. On y avait recopié la plupart des passages soulignés dans les livres, d'une écriture d'adolescente, et celle-ci ne pouvait être que l'écriture de la danseuse. Et sur l'une des pages était collée la réplique d'un tableau représentant la Vierge dénouant un ruban emmêlé et dont le titre était : *Marie qui défait les nœuds*. Elle avait trouvé plusieurs reproductions de ce tableau sous forme de cartes postales qui étaient rangées dans le tiroir de sa table de nuit, et elle m'en avait offert une avec une dédicace en m'expliquant simplement que c'était un porte-bonheur.

Avait-elle fait une expérience d'ordre mystique sur les conseils de la doctoresse Péraud qui avait été « un soutien pour elle » ? Elle ne m'avait donné aucun autre détail au sujet de cette femme, et j'avais compris très vite qu'elle ne répondrait pas à mes questions et qu'elle pratiquait aussi bien l'art de se taire que celui de la danse, ces deux arts ayant, à mon avis, des points communs. Moi-même, je ne lui ai jamais parlé du cahier d'écolier que j'avais découvert parmi les livres. Je les lisais dans sa chambre en attendant son retour vers minuit ou même parfois vers deux heures du matin. Beaucoup plus qu'au terme d'une longue conversation entre nous dont je savais de toute façon qu'elle n'aurait jamais lieu, il me semblait que cette lecture me permettait de mieux la connaître et de la comprendre. Et cela grâce aux passages qu'elle avait soulignés et à certains titres de chapitre, *Le Château intérieur, Les Septièmes Demeures, Lettres de Louise du Néant, La Solitaire des Rochers*… Elle m'avait emmené un jour à l'église Saint-Ferdinand des Ternes, proche de l'appartement de la Porte de Champerret, pour y allumer des cierges, et m'avait confié qu'à une certaine époque, à la sortie du studio Wacker, elle se réfugiait souvent dans l'église Saint-Jean-des-Briques, à Montmartre. Mais elle l'avait dit d'un ton léger, comme un détail qui lui venait à l'esprit et qui ne portait pas à conséquence.

Je finissais par croire à un lien entre ces lectures mystiques et les exercices interminables de danse que je la voyais pratiquer au studio Wacker, tous ces gestes douloureux pour que le corps puisse sortir peu à peu de sa gangue et atteindre enfin cette région de béatitude et d'extase décrite dans les livres prêtés par la doctoresse Péraud. J'aurais aimé connaître l'avis de cette doctoresse concernant la danseuse. Mais brusquement j'entendais le bruit de la clé dans la serrure et son pas dans le couloir, et cela suffisait pour dissiper toutes mes graves pensées.

Quelqu'un me réveilla en frappant fort à la porte de ma chambre.

« C'est Verzini. »

J'allais ouvrir.

« Excusez-moi de venir à l'improviste. Je voulais vous parler. »

Il était debout, au milieu de la chambre, l'air gêné. Je lui désignais la chaise derrière la petite table où les feuilles des épreuves de *The Glass Is Falling* étaient éparpillées. Il s'assit.

« C'est la table où vous travaillez ?

— Oui. »

J'avais pris place sur le rebord du lit. Je me sentais gêné, moi aussi.

« Elle m'a dit que vous ne trouviez pas cette chambre très confortable.

— Mais non. Cela me convient parfaitement.

— Je crois qu'elle a raison. C'est de ma faute. Quand vous êtes venu me voir, je n'avais pas d'autres disponibilités. »

Il se tenait courbé sur la chaise. Il n'avait pas ôté son manteau. J'avais allumé la lampe de chevet, car la lumière était froide et grise. Un vrai matin d'hiver, comme il y en avait encore en ce temps-là.

« Je lui ai dit que j'allais vous trouver quelque chose de mieux. Le plus vite possible.

— Ce n'est pas la peine. »

Il se tourna vers moi. Nous étions face à face. Il s'appuyait du coude sur la petite table, le menton sur la paume de sa main.

« Apparemment, elle vous aime beaucoup. »

Il me considérait en silence, avec un sourire pensif.

« Et moi je la connais depuis si longtemps que je ne peux rien lui refuser. »

J'étais surpris que cet homme, à la silhouette massive dans son manteau, ait prononcé les mots : « Apparemment, elle vous aime beaucoup. » Je n'aurais jamais imaginé qu'une telle déclaration vienne de lui, qui me paraissait si abrupt. Et elle ? J'ignorais ce qu'elle pensait vraiment de moi et je m'étais aperçu très vite que les confidences n'étaient pas son fort. Mais je m'étais toujours méfié des bavards. Et j'aimais son silence.

« Je suis souvent dans l'appartement de la Porte de Champerret, lui dis-je. Cela me permet de m'occuper de Pierre. »

Je n'ai pas pu m'empêcher de lui poser la question : « Vous la connaissez depuis longtemps ? »

Après tout, il avait lui-même prononcé cette phrase et je ne faisais pas preuve d'indiscrétion.

« Oui, très longtemps. Elle est la fille d'un de mes amis. Et le père du petit Pierre était également un de mes amis. Mais plus jeune que moi… Il a dû quitter la France il y a huit ans. »

Il me regardait droit dans les yeux comme s'il se préparait à me faire un aveu, mais qu'il hésitait encore.

« Comment vous dire ? Nous appartenions à un milieu un peu particulier. »

Il n'avait pas besoin de me donner des précisions. J'avais compris. Mon père lui-même et ses amis… Malgré une certaine élégance extérieure, une gentillesse et même une douceur qu'ils manifestaient souvent dans la vie courante, je n'aurais pas été étonné si dans un bureau de la police judiciaire on m'avait montré leurs photos anthropométriques, de face et de profil. Et d'autres photos où ils seraient assis, les menottes aux poignets.

« Elle s'en est sortie comme elle a pu, a ajouté Verzini. Grâce à la danse. Elle s'est donné une discipline. Et j'ai toujours voulu l'aider dans la mesure de mes moyens. »

Il s'était retourné vers la petite table. Il prenait une à une les feuilles des épreuves de *The Glass Is Falling* étalées là, dans le désordre, et tâchait de les rassembler.

« C'est un peu comme vous. Je suppose que vous travaillez à cette table sur toutes ces feuilles, parce que vous aussi vous avez besoin d'une discipline. »

J'étais étonné de sa clairvoyance. À croire qu'il m'avait vraiment percé à jour.

Je lui dis : « Je prends exemple sur la danseuse. »

Il avait achevé de ranger les feuilles et posait avec délicatesse leur pile au milieu de la petite table.

« Et vous ? lui dis-je. Comment ça s'est passé pour vous ? »

Il demeura un instant silencieux et finit par me dire : « Eh bien, moi aussi, il a fallu, à un certain moment, que je mette un peu d'ordre dans ma vie. »

J'étais étonné qu'il employât les mots que Kniaseff répétait pour annoncer le début des cours, au studio Wacker.

Il se leva. Il tâtait le radiateur.

« C'est vrai qu'il n'y a pas beaucoup de chauffage ici. Vous auriez quand même pu m'avertir. »

Avant de quitter la chambre, il se tourna vers moi : « À très bientôt. Et bon courage. »

J'entendis son pas décroître, un pas lourd de veilleur de nuit. J'avais l'impression qu'il s'arrêtait un instant devant chaque porte de ce long, long couloir.

En sortant de l'immeuble, son sac de chez Repetto à la main, elle avait pensé que cette chambre était vraiment trop petite pour lui, surtout s'il devait achever ses « travaux littéraires ». Verzini, décidément, aurait pu trouver quelque chose de mieux.

À tout hasard, elle marcha jusqu'à la rue Godot-de-Mauroy. Mais c'était déjà le début de l'après-midi et le bar était fermé.

Alors, elle se sentit un peu désemparée dans ce quartier qu'elle n'avait pas fréquenté depuis longtemps. Elle eut envie de faire demi-tour et de le rejoindre dans sa chambre. Mais s'il s'était absenté elle craignait d'éprouver l'impression de vide qui la prenait parfois quand elle était seule dans les rues.

Elle marchait en direction des Grands Boulevards. Pour se donner du courage et lutter contre le vide, elle répétait à voix basse, machinalement, une prière que lui avait apprise la doctoresse Péraud et qui lui était revenue en mémoire, comme un souvenir d'enfance. « ... Très sainte Marie, toi qui défais les nœuds qui étouffent les enfants, étends tes mains miséricordieuses vers moi. » Elle la disait très vite, sans détacher les mots, et cela devenait un refrain qui l'apaisait. Et brusquement elle comprit la raison de son malaise : un début d'après-midi, il y avait déjà huit ans, elle suivait le même trajet, dans ce même quartier entre la Madeleine, le bar de Verzini et Saint-Lazare, et aujourd'hui elle marchait exactement sur ses propres traces. Elle se souvenait de Verzini, ce jour-là, seul dans son bar vide, le visage soucieux. Il lui avait dit que le père du petit Pierre l'attendait, tout près, dans l'église Saint-Louis d'Antin.

Elle connaissait bien cette église, car elle habitait depuis quelques mois avec le père du petit Pierre près de celle-ci, rue du Havre, dans un immeuble de bureaux, à l'entrée duquel on ne pouvait pas imaginer qu'un appartement se trouvait au dernier étage, un appartement d'aspect clandestin. L'église était perdue au milieu de l'agitation qui régnait pendant toute la journée autour des Grands Magasins, de la gare Saint-Lazare et du lycée Condorcet. Des flots de voitures et de piétons.

Quand elle entra dans l'église, il était assis dans l'une des dernières rangées de chaises à gauche de la travée. En ce début d'après-midi, l'église était vide. Elle s'assit à côté de lui, et il lui dit à voix basse qu'il était obligé de quitter Paris au plus vite et qu'elle-même ne devait plus retourner dans l'appartement, rue du Havre. Il lui tendit une mallette de cuir sans lui donner d'explication. Il lui écrirait. Il était plus prudent maintenant qu'elle sorte de l'église avant lui. Elle ne lui avait même pas dit qu'elle attendait un enfant.

Elle se retrouva seule dans la rue, mais cette fois-ci avec une sensation de soulagement comme elle n'en avait jamais connu. Elle était sûre qu'elle ne le reverrait plus et qu'à partir de ce jour-là commençait pour elle une nouvelle vie. Quelque temps plus tard, surprenant dans une conversation les termes « erreur de jeunesse » et « mauvaise rencontre », elle pensa qu'elle aussi avait commis une « erreur de jeunesse » après avoir fait une « mauvaise rencontre ». Mais, déjà, elle avait presque oublié cet homme et leur dernière entrevue dans l'église Saint-Louis d'Antin. Qu'est-ce, exactement, se demanda-t-elle, qu'une erreur de jeunesse ? La plupart du temps, presque rien. À son âge, tout cicatrise très vite, et, bientôt, il n'y a même plus de trace de cicatrice. Plus de témoins à charge. Plus aucune trace de rien. De nouveau, l'innocence.

Elle marchait la mallette à la main, et c'était comme si elle allait partir en voyage. Elle n'avait même pas besoin de partir en voyage. D'ici une heure, elle serait au studio Wacker et commencerait ses exercices sous les ordres de Boris Kniaseff, et cela valait mieux que tous les voyages du monde.

Mais que contenait cette mallette ? Elle ne pesait pas très lourd. En montant la rue d'Amsterdam, elle cherchait vainement un banc, une impasse, un square, où elle l'ouvrirait sans être vue, mais elle ne pouvait pas le faire en pleine rue. Elle entra dans l'immeuble du studio Wacker et se faufila parmi les vieux pianos jusqu'au fond du rez-de-chaussée, là où il y avait une zone de pénombre. Elle posa la mallette sur un tabouret. Une petite clé était enfoncée dans la serrure. Elle ouvrit. Quelques liasses de billets de banque serrées dans de larges élastiques. Elle ferma la mallette et enfonça la clé dans la poche de son manteau.

Elle n'était pas en retard au cours de Kniaseff. Mais à l'entrée du studio elle avait honte de porter cette mallette et cherchait un endroit où la cacher. Elle la laissa dans le renfoncement d'une des fenêtres, sans que cela attire l'attention de Kniaseff et des autres élèves. Après tout, ils n'auraient pas pu imaginer ce qu'elle contenait, et là, au fond de la pièce, elle n'était plus qu'un objet banal.

Kniaseff allait commencer son cours. Cet après-midi-là, de sa voix forte, en appuyant sur l'accent russe, il prononça la phrase rituelle, comme un signal qui marquerait la fin de la récréation : « Et maintenant, Mesdemoiselles, Messieurs, mettons de l'ordre dans tout cela. »

Elle jeta un bref regard sur la mallette posée par terre, au fond du studio. Oui, il a raison, pensa-t-elle. Il faut vraiment qu'à partir d'aujourd'hui je mette de l'ordre dans tout cela.

Je traversais le boulevard Raspail au même endroit où j'avais cru voir Verzini, la semaine précédente, dans ce Paris que je ne reconnaissais pas. Beaucoup moins de monde sur le boulevard, mais encore quelques bataillons de touristes, étranges touristes dont on ne savait pas d'où ils venaient, ni quelles étaient leurs langues si on les écoutait parler. Ils traînaient toujours derrière eux leurs valises à roulettes et portaient les mêmes casquettes à visière, les mêmes shorts et les mêmes tee-shirts. Et les mêmes sacs à dos. Vers quoi marchaient-ils ? Vers un corps d'armée qui stationnait en un point précis de Paris ? J'avoue que cela m'était indifférent et que j'étais pressé de rejoindre le café désert où nous avions fait halte avec Verzini, ce café qui semblait encore protégé de la dureté du temps présent.

J'avais composé, le lendemain de notre rencontre, les deux numéros que m'avait confiés Verzini, celui de son portable et celui de son « fixe », comme il disait, mais l'un et l'autre étaient muets. Inutile d'insister. Je savais bien qu'ils ne répondraient plus. Étais-je bien sûr d'avoir rencontré ce fantôme ? Ou bien s'agissait-il d'un rêve que j'avais fait la veille de cette rencontre et que je laissais persister pendant la journée, pour oublier le présent ?

Qu'étaient devenus la danseuse et Pierre, et ceux que j'avais croisés à la même époque ? Voilà une question que je me posais souvent depuis près de cinquante ans et qui était restée jusque-là sans réponse. Et, soudain, ce 8 janvier 2023, il me sembla que cela n'avait plus aucune importance. Ni la danseuse ni Pierre n'appartenaient au passé mais à un présent éternel.

Je croyais que leur souvenir me venait comme la lumière vous vient d'une étoile morte il y a mille ans, selon les mots d'un poète. Mais non. Il n'y avait pas de passé, ni d'étoile morte, ni d'années-lumière qui vous séparent à jamais les uns des autres, mais ce présent éternel.

Je garde des images précises d'une nuit de Noël où la danseuse nous avait entraînés, Pierre et moi, à la messe de minuit dans l'église Saint-Ferdinand des Ternes. Elle disait que c'était notre paroisse. Nous sortons de l'église et nous prenons le chemin du retour. La danseuse tient Pierre par la main. C'est la première fois que je les vois ainsi, et je pense à l'arrivée de Pierre, gare d'Austerlitz, et à leur embarras sur le quai vis-à-vis l'un de l'autre. Puis, soudain, elle se met à faire un pas de deux avec lui sur le large trottoir du boulevard Pereire. Puis une autre figure de danse dont je ne sais plus le nom. Puis une autre. Et Pierre la regarde en riant. De mon côté, j'imite la voix de Kniaseff comme je l'ai entendue tant de fois au studio Wacker. « Et maintenant, Mesdemoiselles, Messieurs, mettons de l'ordre dans tout cela. » Je continue à donner des ordres à la danseuse en prenant la voix de Kniaseff : « Casse le coude… Casse le coude… Grand jeté… Penché… Déboulé… Battement tendu… »

Pierre rit de plus en plus fort. Et nous reprenons notre marche tous les trois dans la nuit jusqu'à la fin des temps.

TROIS NOUVELLES CONTEMPORAINES, *avec Marie NDiaye et Alain Spiess*, lecture accompagnée par Françoise Spiess (« La Bibliothèque Gallimard », nº 174).

DANS LE CAFÉ DE LA JEUNESSE PERDUE, *roman* (« Folio », nº 4834).

L'HORIZON, *roman* (« Folio », nº 5327).

L'HERBE DES NUITS, *roman* (« Folio », nº 5775).

28 PARADIS, 28 ENFERS, *avec Marie Modiano et Dominique Zehrfuss* (« Le Cabinet des Lettrés »).

ROMANS (« Quarto »).

POUR QUE TU NE TE PERDES PAS DANS LE QUARTIER, *roman* (« Folio », nº 6077).

DISCOURS À L'ACADÉMIE SUÉDOISE.

SOUVENIRS DORMANTS, *roman* (« Folio », nº 6686).

NOS DÉBUTS DANS LA VIE, *théâtre*.

ENCRE SYMPATHIQUE, *roman* (« Folio », nº 6976).

CHEVREUSE, *roman*.

En collaboration avec Louis Malle

LACOMBE LUCIEN, *scénario* (« Folioplus classiques », nº 147, dossier par Olivier Rocheteau et lecture d'image par Olivier Tomasini).

En collaboration avec Sempé

CATHERINE CERTITUDE. *Illustrations de Sempé* (« Folio », nº 4298; « Folio Junior », nº 600).

Dans la collection « Écoutez lire »

LA PETITE BIJOU (3 CD).

DORA BRUDER (2 CD).

UN PEDIGREE (2 CD).

SOUVENIRS DORMANTS (1 CD).

ENCRE SYMPATHIQUE (1 CD).

CHEVREUSE (1 CD).

Aux Éditions P.O.L

MEMORY LANE, en collaboration avec Pierre Le-Tan.

POUPÉE BLONDE, en collaboration avec Pierre Le-Tan.

Aux Éditions du Seuil

REMISE DE PEINE.

FLEURS DE RUINE.

CHIEN DE PRINTEMPS.

Aux Éditions Hoëbeke

PARIS TENDRESSE, *photographies de Brassaï.*

Aux Éditions Albin Michel

ELLE S'APPELAIT FRANÇOISE..., en collaboration avec Catherine Deneuve.

Aux Éditions du Mercure de France

ÉPHÉMÉRIDE («Le Petit Mercure»).

Aux Éditions de L'Acacia

DIEU PREND-IL SOIN DES BŒUFS ?, en collaboration avec Gérard Garouste.

Aux Éditions de L'Olivier

28 PARADIS, en collaboration avec Dominique Zehrfuss.